金玉釀緣

下

文創風 1168

元喵 著

目錄

第十八章

南溪感覺到自己對俞涼有些不一樣，不過她沒時間去細想，因為她二次發酵過的蜀黍終於發酵好了。

蜀黍剛蒸熟出鍋的時候，製程和做米酒差不多，放涼到一定溫度後，就拌上做燒酒的酒麴，然後放到缸裡發酵。三天左右打開缸加水進去，其間需要攪拌均勻，進行二次發酵。

現在大半個月過去，她的蜀黍已經都發酵完了。家裡太長時間沒有進項，她早就等不及了。這回是打算將缸裡那些發酵好的蜀黍全都蒸出來。

一百斤左右的蜀黍，如果真能和酒譜上說的一樣，大概能出五十斤酒。具體能出多少還是得親自動手才知道。

南溪不知道要蒸多久才能全部蒸完，今天估計會占用灶臺很久。不過家裡有個小爐子，簡單做點吃食也可以。

她和盧氏說了一聲，然後把自己訂做的蒸鍋拿出來洗乾淨，開始蒸酒。

這個蒸鍋比較高，底下是平時炒菜的大鐵鍋，頂上沒封口，放置著一口可以隨時取用的小鍋。裡頭加著滿滿的涼水，稍微一溫就得換成涼的。

小鍋下方打了個孔，插著一根比較粗的竹管。南溪記得酒譜上說這是出酒用的。

她並不明白，為什麼加熱蜀黍就會有酒從那根竹管裡出來，但酒譜是家中先輩一代一代完善傳下來的，肯定不會騙人。

「阿姊，我要不要點火？」

「先等下，這鍋裡得加滿，我再去弄一盆過來。」

一百斤糧食吸飽了水還是挺多的，幾口鍋沒裝完，估計還有第二輪。

南溪裝完最後一盆，然後開始給小鍋裝水。都是剛剛才從井裡頭弄出來的，很冰。

「燒火吧，先大火。」

南澤應了一聲，挨個兒開始點，很快灶間便熱起來了。

盧氏想幫忙，被南溪非常「強硬」地推到院子裡。開玩笑，蒸酒灶房裡那麼熱，讓她進來幫忙，等下悶暈了。

姊弟倆好說歹說才把人勸住了。

一刻鐘後，鍋邊不怎麼嚴密的地方，開始有那麼一縷縷熱氣冒出來。聞著倒是有點酒味，但更多的是酸，還有發酵過後的味道。

很難想像這樣的氣味怎麼會轉變成酒譜裡香氣濃郁的酒水。

南溪在幾口鍋之間來來回回地查看，只要水有一點變溫就換成涼水。很快那竹管滴答滴答地開始滴酒，看顏色還滿清亮，只是拿筷子一沾便能嚐到酒水中隱隱的苦味。

這頭酒得倒掉，酒譜上是這樣說的。等到後面出來的酒水沒有苦味了，那才是真正能喝的酒水。

南溪耐心等了一刻鐘左右，酒水才漸漸沒了苦味。她趕緊將接酒的罐子換了一個。

「阿姊，這真是酒嗎？味道怎麼樣？」

「是酒吧，和縣裡酒鋪的沒差多少。至於味道麼，沒感覺出來，就拿筷子沾了一點。」

她一邊答一邊用碗接了小半碗。觀其色和酒譜描述的差不多。香氣的確濃烈，剛剛沾了一點，感覺有些刺舌，讓她有些不太適應。

不過釀酒的人哪能不喝酒，得自己懂酒，做出來的酒才會越來越好。

南溪端起碗喝下一大口，一股火辣辣的感覺瞬間從喉嚨滑下進入五臟六腑，嗆得她咳個沒完，弄得眼淚汪汪。

「這、這酒……」

太刺激了！

米酒香甜又微醺，給了她酒水都很柔和的錯覺。萬萬沒有想到這燒酒竟然是這樣的口感。現在火辣辣的感覺稍微有些淡了，但腦袋裡像是被灌了水一樣，脹脹的，臉也很熱，彷彿在灶前燒火的人是她。

南澤正好奇那酒的味道，給灶膛加了柴，出來伸頭一看頓時驚了。

「阿姊，妳的臉怎那麼紅？」

「啊？我臉紅了嗎？」

南溪摸了摸，確實很燙，很像盧嬸嬸說過那種酒醉的樣子。但她覺得自己挺清醒的，還知道要不停給小鍋裡換水。

而且越幹活越清醒，只是控制不了臉上的溫度而已。

她沒當回事，還時不時拿碗接一點酒出來嚐味道，直到酒水味道開始變酸變淡，才端走酒罐讓弟弟熄了火。

接下來要將鍋裡那些蒸完酒的酒糟全都弄出去，再洗鍋，蒸剩下的。

南溪鏟了兩桶，剛提到灶房門口便覺得天旋地轉，要不是盧氏扶她一把，這回就得摔倒了。

「溪丫頭，我瞧妳是喝醉了。」

「我沒有……」

她覺得自己很清醒，就是手上沒什麼力。

「肯定是灶房的熱氣給悶的，我去那兒坐一會兒就好。」

「去吧，去吧。我來提酒糟。」

盧氏不由分說搶走了桶子，自己進進出出開始忙活起來。酒糟可是好東西，可以餵雞、鴨和豬。這些夠家裡的雞吃好一段時間了。

她一個人提進提出，誰也沒有說話。

南溪臉紅紅地坐在石桌前，托著下巴左看看右看看。眼神從清醒逐漸變得迷離。

俞涼提前幹完活兒，一進院子看到的就是她這副模樣。

少了幾分成熟，多了幾分女兒家的嬌態。眼睛水汪汪的還一眨不眨地看著你，像極了他兒時見過的那些小貓咪，軟綿綿的，可愛得想把她抓過來順順毛。

「阿涼？今天怎這麼早就下山了？是山上有什麼事？」

盧氏一開口，俞涼瞬間清醒過來。

太罪惡了，他剛剛竟然想把小溪抱過來摸頭。阿娘要是知道他在想什麼，肯定直接給他一巴掌。

俞涼趕緊正了正神色，儘量不去看石桌那兒。

「今天成熟的那批果子都摘完了，園主就讓我們先回家。等下一批熟了再去摘。晚上守夜的活兒還是不變，只是換了塊地方，還是天黑之前上山就行。一會兒吃了午飯，我再去山上找找別的果園有啥活兒。」解釋完了，他才不經意地問了一句。「阿娘，小溪這丫頭是怎麼了？臉紅紅的不看人也不說話，好像有點不對勁。」

盧氏越過兒子看了南溪一眼，笑道：「這丫頭，釀酒釀到把自己給喝醉了。坐那兒都快兩刻鐘了。」

喝醉了？

俞涼頓時失笑，忍不住回頭又看了她兩眼。

小丫頭還是撐著腦袋看著門口，喝醉了也就是不說話，一點都不鬧騰，安安靜靜的。真乖。

「看啥呢？」盧氏拍了兒子一下，將桶子遞給他。「既然你回來了，那鍋裡的酒糟便由你去弄出來。」

俞涼連忙應了一聲，到灶房裡去裝酒糟。他力氣大，一次提兩桶，很快就將幾口鍋清理乾淨。現在會釀酒的那個人已經醉了，剩下的誰也不敢動手，只能先放著。

這一等就等到了晚上。

喝醉的人不鬧也不吵，發呆累了就趴著睡覺，到晚上才迷迷糊糊醒了。

南溪感覺作了好長的一個夢，但是夢見什麼又想不起來。坐起來愣了愣，突然想到自己之前好像是在釀酒。

「我的酒！」

清醒過來的南溪慌張不已，跑到灶臺一看，那滴出來的幾個小酒罐都封好了，酒糟也都弄完老老實實地堆在院子裡。

「妳這丫頭，釀酒的居然被酒放倒了。下次可別喝那麼多了。」

盧氏看得很清楚，那竹管滴出來的酒，南溪時不時就要接出來喝兩口。雖然一、兩口量很小，但禁不住次數多，到底還是醉了。幸好這是在家中，有她和南澤看著。

「阿姊，下次還是讓我喝吧！我把味道告訴妳。妳的酒量肯定不如我。」

南澤自告奮勇想攬下嚐酒的差事，被姊姊一指頭戳開了。

「小孩子喝什麼酒。我以後少喝點就行。」

這燒酒還真是不同凡響，比米酒和果酒醉人多了，沒點酒量的人還真不敢嘗試。

她莫名想到俞淙那大個子，不知道他的酒量如何呢？

「咦？盧嬸嬸，天這樣暗了，大淙哥已經上山了嗎？」

「半個時辰前就上去了。丫頭快來吃飯。午飯都沒吃就睡，現在肯定餓了吧。」

本來沒覺得，一聽這話，南溪還真感覺餓了，連忙去端飯來吃，吃完便繼續開始蒸她的燒酒。

點著油燈熬了一個多時辰後，所有發酵過的蜀黍都蒸完了。院子裡堆著挺大一堆酒糟，酒香中又帶著糧食的香氣。雖然家裡的雞今天吃了不少，但還是剩非常多。

「盧嬸嬸，咱們村裡有誰養了豬嗎？」

「養豬？那可不少。」

肉價那麼貴，老百姓大多是養牲畜自己吃，或者養來賣錢。

「妳問這做啥？」

南溪指了指院子裡那堆酒糟道：「這些東西餵牲畜挺好的，丟了浪費。咱家這點雞吃不動，放兩日就壞了。」

這些可都是大把大把糧食做出來的，就這麼扔掉，實在太讓人心痛。所以她想為這些酒糟找個出路。

她和盧氏嘀嘀咕咕地商量了好一會兒，才決定將酒糟送給村尾的一戶人家。

那家只有祖孫二人，老的身體不好，小的才七歲幹不了什麼重活。一年到頭就指望賣豬能掙點錢，這些酒糟送給他們，應該能幫上點忙。

這個可以明日去處理，現在她得把酒全騰到一個缸裡封上。

現在還不知道一共出了多少斤酒，南溪興致勃勃地拉著盧氏開始秤。

一個罐子一個罐子秤，秤完再倒進大酒缸裡。

「一共有五十五斤另三兩酒！」盧氏驚喜又詫異。

溪丫頭竟然真的將酒給做出來，產量還這麼多！而且她釀出來的酒，聞起來比她以前買過的還好。

盧氏想到當年丈夫還在的時候，逢年過節也會倒上小半碗酒水與她同飲，那時候的酒聞著味兒足，卻沒眼前的這酒香。

「盧嬸嬸，嚐點兒？」

南溪一邊問，一邊將最後一個罐子剩下的酒倒進碗裡給她。盧嬸嬸畢竟比她多吃那麼多年的飯，說不定能給點意見。

盧氏倒也沒跟她客氣，接過碗便喝了一小口。

「嗯！這酒不錯！」

酒香比別家更濃，入口竟還有些微甜，一點苦味都沒有，實在不錯。

「溪丫頭這手藝真好，第一次釀酒就做得這麼香醇。不瞞妳說，以前我也買過燒酒，是那種最便宜的，喝起來酒味不少，但喝完會有點微苦，不像這酒帶甜的。」

盧氏以前還覺得南溪想要做酒水買賣有點不現實，現在一嚐酒，頓時放心了。

「等後日我訂的那批小陶罐和打酒桶到了，我就拉到碼頭附近去賣。」

至於價錢麼，她決定比縣城裡的便宜一點。畢竟她的糧食都是舅舅帶過來的，本錢並沒有那麼高，便宜個一、兩文也不會虧。

兩人把酒缸封好，又把廚房收拾了下，便去睡了。

第二天，南溪早早起床去借了一輛獨輪車回來，將酒糟鏟了大半，和盧嬸嬸一起送到村尾。

去了那戶人家，她才發現自己見過這小孩，上回一起在海邊烤東西吃就有他。這娃娃叫饅頭，可惜長得一點都不白胖，生活的重擔壓著他，小小年紀便很成熟。她們給他點酒糟，眼淚、鼻涕都哭出來了。

唉……

回去的路上，南溪有些沈默，這個孩子讓她又想起了在沙漠的日子。那個地方更窮，孩子更慘，到處都是苦難的人。

好在那樣的日子自己總算擺脫了，饅頭應該也可以的。等碼頭建起來，就在門前做點小買賣，賣點水果都可以。或者長大一點到碼頭搬東西卸貨，反正能做的事挺多的。

南溪回到家，看到弟弟正拿著藤球和豆豆玩，心情好了不少。

弟弟的腿已經有知覺並且已經可以動動腳趾頭了，再努力一陣子，年前說不定就能自己站起來走路，實在是一大喜事。

「阿姊，剛剛妳們出去的時候，大涼哥回來了，他煮了個雞蛋就走了，說山上要忙，我叫不住他。」

盧氏一聽便皺了眉頭，兒子那食量一早上只吃一個雞蛋怎麼能行。

南溪眨巴眼睛。昨日她醉了，好像忘了撿雞蛋，所以灶房裡估摸著就剩下兩、三個了，所以俞涼就煮了一個？

恐怕吃了不到一個時辰就得挨餓吧，他幹的還是體力活。

「我去烙幾張餅，一會兒送兩張上去給他。」

盧氏才不會由著兒子糟蹋身體，好不容易這段日子養好了一點。

南溪跟著一起進灶房幫忙。她想著自己好些日子沒上山看芒果樹了，最近也沒下雨，決定上去澆澆水，順便幫盧嬸嬸把餅帶上去。

她的眼睛看東西可太模糊了，誰能放心她走山路？

盧氏沒辦法，只能聽話地將餅給南溪。

吃完早飯，南溪便揹著水桶上山去了。因為自家的芒果樹地勢比較高，所以她先去找俞涼。

晚上他在香蕉園守夜，現在白日是在一處鳳梨田裡做工。這會兒時辰還早，太陽曬著一點都不熱，正是幹活的好時候，幾乎每個果園都會早早開工。

俞涼帶著兩個大筐子，一手提著鳳梨，一刀俐落地砍下去，然後迅速繼續砍下一個。比南溪當初一刀砍好幾次才把鳳梨砍下來俐落得多。

他埋頭幹活，淹沒在砍鳳梨的村民中，但南溪還是一眼就注意到他的位置。這裡挺多人都在專心做事，她不好叫人，便走小路繞到俞涼正前方不遠處。等俞涼直起腰拖著筐子走時，她一揮手就被發現了。

俞涼看到她很是意外，見她朝自己招手，立刻丟了筐子朝她走去，看得南溪一陣肉疼。

這人身上是有一層鐵皮嗎？就這麼直愣愣地走過來，也不用刀把葉子撥開，不疼？

她一想到自己砍鳳梨那天的慘狀就渾身癢癢，不得不佩服這人皮糙肉厚。

「小溪，妳怎麼來了？」

「來給你送吃的啊！早上就吃一個雞蛋，又想挨盧嬸嬸罵了啊？」

南溪一邊傳達盧氏的話，一邊將做好的雞蛋餅拿出來給他。

「喏，光吃餅會口乾的。借你水囊，裡面裝了一點溫水。這以前是我爹用過的，已經用沸水煮過了，你要是介意就算了。」

「不介意！」

俞涼接過便拔掉塞子喝了一口水，表示自己沒有嫌棄。

水給了，餅也給了，南溪也不多留，免得被看到又傳什麼閒話。她一轉身，俞涼便瞧見她背上的水桶，猜到她是要幹麼。

山上取水不易，反正他自己每天都要上山，下次和她說一聲，自己去幫她澆水吧！

小姑娘柔柔弱弱的，聽說不久前才生了大病，提那麼大一桶水，想想就讓人擔心。

俞涼一步三回頭地回到鳳梨田。那個走遠的丫頭卻始終沒回頭看一眼。

南溪一心惦記著自家那幾棵芒果樹，倒是沒想那麼多。

今年芒果結得非常好，但她一斤都沒有賣。除了送去一些給交好的人家，其他的要麼自家人吃掉，要麼都做了果酒。

這幾月來她陸陸續續買了好些酒缸回來，存酒的屋子裡都快滿了。不過如今大多酒缸都是空的，得等她慢慢填上。

一想到再過兩個月，家裡能賣的酒就會越來越多，她便忍不住興奮。山上這幾棵芒果樹一定得伺候好，能省下好幾百文錢呢！

眼見著就快到了，大路轉彎處突然出現了一個小轎，上面坐的人很是眼熟。

南溪抬頭看了眼便癟癟嘴，轉過頭沒有搭理，自顧自地往上走。

這路家小少爺她見了兩次，回回都沒什麼好事，今日當真是倒楣。

她覺得那路家小少爺應該也不會想看到她，誰知那抬轎的人竟在她面前停下來。

「南姑娘，許久不見，近來可好？」

南溪震驚了。

這人是被別的魂附體了嗎？今日說話居然這樣客氣。他身邊的小廝也換了，看著是個老實人。

「南姑娘？」

南溪皺了皺眉，並不想在這兒和這少爺說話，於是有些不耐煩道：「叫我有事嗎？我還要幹活呢。」

路小少爺聽完居然露出個微笑來，絲毫不介意她的不客氣。

「那妳先忙去，得空我再去尋妳說話。」

南溪翻了個白眼，誰要跟你說話了。她看都沒看路小少爺便直接走人。

路小少爺回頭看了一眼，打開扇子慢悠悠地搧著，臉上是止不住的笑。小廝成六也是打小就跟著少爺，但他也看不明白少爺這是什麼意思。

明明那姑娘一個好臉色都沒有，為什麼少爺還笑得出來呢？

「少爺，是有啥喜事嗎？」

「喜事？嘖，你怎麼比我還急。」

路小少爺笑了笑，敲敲轎子繼續讓人抬著下山。心裡想法卻是沒再說了。

上次回到南黎後，他發了一頓脾氣，在院子裡待了好幾日都沒出去玩。結果越待心裡就越煩躁，平時看著嬌俏可人的小丫鬟都覺得索然無味。

每個人對他都是恭恭敬敬，要麼就是獻媚邀寵，實在很無趣。有時候看著竟覺得還不如一個村姑有靈氣。後來他作夢竟也夢到東興村這個叫南溪的村姑，而且他居然和這丫頭拜堂成親了。

雖然荒唐，但那夢境著實讓他念念不忘，以至於在南黎府玩著越來越沒勁，才又纏著阿娘放他出來了。

現在又沒颱風，他也不怕，正好順便看看家裡的酒樓、客棧建成什麼樣子。

當然，最好是能早些將這丫頭勾到手。成親是不可能的，倒是可以納她做妾，一輩子錦衣玉食，應該沒有人會拒絕吧。

路小少爺滿臉得色，坐著轎子晃晃悠悠地下山了。

南溪沒把這次相遇當一回事，畢竟山頭已經讓路家買下來了，路小少爺上山下山的很正常。

她給芒果樹澆澆水，又仔細查看了下有無蟲害，確定很健康後便揹著桶去海邊。

今日也是趕巧，趕上上午的退潮。

「南溪！快來！」

大老遠就聽到春芽在叫她，南溪順著聲音望過去，發現她居然在一艘小船上。

那艘小船上還有冬子和一對兄弟。跑近了，她才認出是誰。

這兄弟倆是林二哥家的兩個弟弟，平時好像是跟船出海捕魚，不知道今日怎麼閒下來了。

「春芽，你們怎麼到船上去了，妳要去哪兒？」

「當然是去趕海呀！妳先上來再說。」

春芽伸手去拉南溪，南溪就這麼莫名其妙上了船。

「船上怎麼趕海？」

林家兄弟倆聽了有些詫異，不過很快反應過來南溪失憶了，所以以前的事都想不起來，於是解釋道：「咱們瓊花島附近還有很多小島，有的要退潮時才能露出來。划船去就行了，那邊沒太多人一起撿，東西很多的。」

原來是這樣……

南溪放下背簍看著小船慢慢漂離沙灘，不免有些期待起來。瓊花島外的小島，她還沒見識過呢！

「春芽，咱們划船過去要多久啊？」

「很快的，兩刻鐘就能到。」

春芽的聲音很輕柔，和她平時的大嗓門完全不是一個樣兒。南溪愣了愣，看看身旁的春芽，又看看正在划船的林家兄弟，隱隱約約明白了什麼。

就說嘛，好好的趕海怎麼會突然乘船去，原來這裡頭不單純。

是哪一個呢？

南溪忍不住觀察了下。林三哥年紀略大一點，身形也比較高大，就是瞧著有點木不愛說話，也沒見他回頭看看春芽；林四哥年紀和春芽相當又愛笑，剛剛也是他主動向自己解釋的。

他一邊划船一邊還時不時地往後看，看春芽？

南溪正琢磨著，突然感覺袖子被扯了扯。

春芽附在她耳邊小聲道：「別盯著人家一直看。」

「哦，不看了。妳直接告訴我嘛。」

身為春芽的小姊妹，南溪對她的親事還是很關注的，就是不知道眼下這情況是過了明路還是只有兩個人私下心悅。

春芽耳朵紅紅的，有些不太好意思。不過最後還是悄悄告訴了南溪。

「林家嬸嬸昨日到我家來，已經和阿娘說好了，過幾日便會有媒婆上門。」

這是兩家大人都同意了，只差下聘訂親了。

南溪看看那兄弟倆，試著問道：「是林四哥？嘶！」

被春芽掐了一把，好險沒叫出來。

居然不是林四哥，是林三哥？

真是叫人驚訝，又有點理所當然。好像這裡家中都得大的成了親後，才能小的結親。

林家二哥已經成婚幾年了，就剩下這兩個兄弟還沒有成婚。所以按照順序該是林三哥。

但這兩人感覺一點火花都沒有，那林三哥甚至看都不看春芽一眼。

南溪轉頭想問什麼，看到春芽那歡喜的眼神、紅紅的耳朵，便明白她是很中意林三的，話也就沒必要問了。

唉……

兩個姑娘坐在船板上咬著耳朵嘀嘀咕咕的，聲音非常小，但兄弟倆還是能聽到一點點。林三的耳朵開始慢慢發燙，只是他常年海上勞作曬得黑，看不太出來而已。

兩刻鐘後小船在一座小島前停了下來，這座島礁石居多，遠遠看著確實不大。而且看不到有別艘船停靠的痕跡，應該只有他們。

林三小心地將春芽扶下船，然後幫著把船上的背簍都拿下去，絲毫沒有幫扶南溪的意思，還是春芽站在船下扶了她一把。

嘖，看來剛剛她想錯了。

這個林三哥對春芽好像也不是沒有意思。南溪朝著春芽擠眉弄眼，將她逗得臉都紅了。林四和冬子嘻嘻哈哈地在一旁打岔，幾個人相處起來倒也不尷尬。

很快南溪就沒心思去打趣春芽了，因為她在石頭縫裡發現好大隻的青蟹！而且還不止一隻，附近的幾個石頭縫她都看了，有好幾隻！

現在這季節的青蟹也是很肥的，只是不帶膏。南溪恨不得自己變成大力士，將石頭掰開把螃蟹都抓出來。

她把背簍放下，只帶了水桶。又找了根小木枝去捅螃蟹。石頭縫裡太難抓，若是牠們跑出來就好動手了。

南溪專心地捅她的螃蟹。冬子和林四拿著工具去找自己心儀的海物。春芽羞答答地沿著海邊翻找蛤蜊，有林三跟著她。

日頭漸漸升高，天也越來越熱。南溪半趴在地上，歪著頭往一個個石頭縫看過去，汗水刺得眼睛生疼也沒歇一會兒。

瞧瞧她的桶裡，已經抓了七、八隻大青蟹，這要是拿回去賣可是一筆不小的錢。對漁民來說非常不錯了。

南溪不是個見好就收的性子，左右現在還沒漲潮，那她就要一直抓下去。

「南溪姊，妳抓多少了？」

冬子小跑過來一看，頓時心生羡慕。他和林四哥本來也是在抓青蟹，可沒一會兒就看到海裡有銀光閃過，還以為是什麼寶貝魚便下海去追，白白浪費不少時間。結果兩個人抓的青蟹還沒南溪一個人抓的多。

南溪暫時沒理他，專心地拿小棍子撥弄著石頭縫裡的青蟹，等牠一跑出來，便追上去踩住。

因為石頭縫低，她的臉沾了不少泥沙，看起來跟小乞丐似的，冬子一見便笑了。

「咦？你姊呢？」

南溪看了看，周圍都沒有春芽的影子。

林四略有些不自在，冬子也笑笑沒說話。她頓時明白過來，春芽哪是出來趕海的，分明是和那林三相會。

既然如此，她也不好去打擾了。

人家馬上就要下聘訂親了，想單獨相處也不是什麼大事。

南溪不再問春芽，繼續拿著她的小木棍到處捅螃蟹。冬子和林四被她激起了勝負慾，也興致勃勃地開始認真抓螃蟹，不知不覺便越摸越遠。

因島上礁石眾多，有時候站著被礁石一擋都看不真切，更別提南溪一直趴著了。她捅著捅著便轉到小島的另一面，沒一會兒突然聽到林三說話。

「春芽，我能親妳嗎？」

親？

南溪一驚，頓時爬起來順著礁石縫看過去，不遠處正是春芽和林三兩人。

春芽這會兒不只耳朵是紅的，現在連臉也是紅的。林三好像也有臉紅，不過看不太真切。

兩個人的距離一點一點拉近，她看見林三一手扣住春芽的腰，將她抱進懷裡，一手扶著春芽的頭，然後……

南溪看得面紅耳赤，轉身背朝著他們。

原來這也叫親嗎？

她以為的親，是阿娘和姥姥那樣在臉頰上碰一碰那種。怎麼會嘴對嘴呢？

為什麼她看了會心慌臉熱，好奇怪……

南溪沒敢再伸頭去瞧，只是聽著那邊的喘息，就覺得自己不該看。好一會兒那邊的動靜才小了，她又聽到林三開口說話，聲音啞得不成樣子。

「真想快點把妳娶進門……」

春芽手環在林三脖子上，聞言羞澀地輕笑一聲，將頭埋進他懷裡。

「都還沒訂親，娶過門還早呢。」

兩個人膩歪著又說了一會兒話，聽得南溪起了一陣一陣的雞皮疙瘩。等兩人走了，她才提著青蟹開始往回走。

這會兒差不多要開始漲潮了。

南溪算得差不多，她回去的時候，林四已經去叫他三哥和春芽了。很快地，五個人又上了船。

春芽坐在她旁邊，眸光瀲灩，紅唇微腫，看上去莫名漂亮許多。

她被南溪盯得不好意思，一路上戳了她好幾回。下船和弟弟還有那兄弟倆分開了，她才又恢復以前的樣子和南溪說起話來。

「南溪，我覺得妳說得對。」

南溪一頭霧水。

春芽眉眼彎彎，親暱地挽著她手臂，小聲道：「就是妳上回說嫁讀書人不好啊。我現在想想，阿才哥確實不怎麼樣。身板瘦得跟竹竿一樣，估計一桶水提起來都難，哪像林三哥他……」

可以輕易地將自己抱起來。

春芽瞬間打住，沒將後面的話說出來。但南溪已經猜到了，畢竟她剛剛才在島上見識過。

「妳家林三哥身板確實壯，抱著妳一點都不費力。」

「南溪妳！妳、妳都看見了？」

春芽的臉爆紅，下意識看了下周圍，確定沙灘周圍沒人才放下心來。

「妳看見多少？」

和小姊妹說這些，她一點也不怕，甚至還有點興奮，想分享自己的感受和經驗。

南溪結結巴巴的，說她只看到了開頭。

「話說回來，為什麼親要嘴對嘴呢？」

春芽笑得甜甜蜜蜜，湊到南溪耳邊回答她。

南溪眉毛一挑，眼裡說不出的驚訝，她好像又學到了一些了不得的東西。

「哎呀，妳不要這樣大驚小怪嘛！互相心悅之人想多親近親近，這是很正常的事。我又不是那大家小姐，什麼都要循規蹈矩的，偶爾衝動一下，只要不過分就行。等妳以後遇上心上人，大概就懂了，被他抱在懷裡親近的感覺有多好。」

南溪眨巴眼，她的心上人？那還不知道要多久才能找到呢。

「我不急。」

春芽笑了笑，抿著唇沒再說什麼。兩人很快就在她家門口分開了。

第十九章

這天晚上，南溪在床上翻來覆去怎麼也睡不著，一閉眼腦子裡就是她從礁石縫裡看到的情景。

結實的雙臂，纖細的小腰，還有兩顆越來越靠近的頭。

迷迷糊糊的她也不知什麼時候睡著了，夢裡那雙手臂的主人卻變成了俞涼，眼見著他的臉越湊越近，南溪瞬間驚醒坐起來。

啊……就差那麼一點點。

莫名有點遺憾。

她摸了摸自己的唇，反應過來自己在想些什麼之後，立刻拍了拍腦子。

「想這些亂七八糟的。」

一定是自己從來沒見識過，印象太深刻了才會夢到。至於為什麼夢裡卻變了人，她決定忽略掉，打算起來用冷水洗個臉。

「溪丫頭！小澤可以自己站起來了！」

聽到外頭盧氏那又驚又喜的聲音，南溪瞬間什麼都忘了，立刻穿上鞋子跑出去。

石桌旁的小小少年正齜牙咧嘴地笑著，眼淚汪汪的，一見她就開始哭了。

「阿姊……」

南溪鼻子酸了，眼也紅了，趕緊上前扶住弟弟。

「能站是好事，但別硬撐，咱們慢慢來。」

南澤點點頭，幾個月癱都癱了，還差這點時間嗎？他一定要一次養好，不再給姊姊添任何麻煩。

姊弟倆都眼淚汪汪的，俞涼一進院子，心裡就「咯噔」一下。

「這是怎麼了？怎麼哭了？」

他問的是南澤，看的卻是南溪。

南溪一見他便想到昨晚那個夢，渾身都不自在。一邊抹眼淚轉身，一邊簡單解釋了下。

得知南澤能自己站起來了，俞涼也為他高興。說起來南澤能恢復得這麼快，也有他一份功勞在。

每天俞涼在南家小院的時候不多，但大半時間都是在扶著南澤練習走路。他手臂有力，南澤扶著也穩當，來來回回地在院子裡走上兩刻鐘也絲毫不累。

南溪就不太行了，扶著弟弟走一小會兒便覺得吃力，要和盧嬸嬸一起才能完成任務。總之誰都有功勞。

今天高興，加上她要準備開始售酒了，一早便託人去買了點肉回來。

盧氏拿出她的好廚藝，將肥瘦相間的肉條切成小段，做了一道燉肉。做肉時要用酒，南溪直接打了一斤放在灶臺上用。

濃烈的酒香一入鍋便和肉香攪和在一起，變成另外一種更香醇的味道。

隔壁幾個剛換班回來的衙役道：「那盧氏的手藝真不錯欸！能把咱們這個廚子換掉嗎？」

「太香了，我好像聞到了酒香？」

「我也聞到了，隔壁是買了什麼好酒嗎？」

幾個男人肚子餓得咕嚕叫，一說起酒便饞得更厲害了。他們被調到這窮鄉僻壤來，平時沒什麼好吃的，也就酒水隔幾日能送些來。

如今聞著肉香，手裡頭的酒也喝完了，心裡頓時不是滋味。

「你去問問，隔壁的菜賣不賣？酒水有沒有多的，能不能賣些給我們。」

一個衙役應了一聲，立刻抱著罐子去隔壁。

「南姑娘，打擾了。」

聽到這熟悉又陌生的客套話，南溪眉眼一彎，知道買賣來了。不枉費她搧了許久。

「差大哥，有什麼事嗎？」

她彷彿真的不知道人家是來幹麼的，靜靜等著那衙役說完。聽到他想買菜和肉，南溪皺了皺眉頭。

「差大哥，真是不好意思。今日這菜肉做得有些少，不能分給你們。不過酒麼，我自己釀的倒是可以給你們一些。」

南溪直接將自己打好的一斤酒遞過去，那衙役便掏出十五文錢給她，就當是買酒了。縣城裡一斤燒酒差不多就這個價，他們也不算是占便宜。南溪痛痛快快地收下，回去繼續和盧嬸嬸做飯。

兩家離得近，那邊的聲音這邊也能聽到一些。酒很快就上了桌，只聽一人大讚。

「好酒！」

南溪的心瞬間踏實下來。

這群衙役幾乎每日都要喝上一點小酒，能讓他們誇讚，說明自己這酒釀得十分成功！等下吃完飯，她就把剩下的蜀黍都泡上，接著釀酒。還有下回舅舅來時，糧食也要多訂一些。

她本來是真不想麻煩舅舅，可誰讓對岸的糧食便宜呢。這回多給些運費，好歹堵上舅母的嘴。

「南姑娘，可否再打兩斤酒？」

門口又傳來方才那衙役的聲音，來得比她預想的快多了。

「當然可以，我這酒本就是打算賣的。不過你剛剛給的十五文錢太多了，我只打算賣十二文錢一斤。」

以後要長久做買賣，這回肯定不能收貴了。

南溪幫他打好兩斤酒，只收了他二十二個銅板。省了幾文錢，還能買到好酒，那衙役自然高興，抱著酒罐子高高興興地走了。

盧氏一聽南溪要賣十二文錢一斤，心裡默默一算也替她高興起來。

溪丫頭的蜀黍買得便宜，一斤才花三文錢，一百斤做出來有五十多斤酒水，不算稅錢、不算勞力和那些罐子錢，差不多能賺三百多文呢！

實在是一門不錯的買賣。

盧氏很是欣慰，有這手藝在，姊弟倆以後生活就有著落了。賺了一、兩年錢，溪丫頭的嫁妝和小澤娶媳婦的錢都能攢起來。

「溪丫頭，一會兒我去做個『酒』字布幡掛在院子外頭吧？」

「好主意！這樣不用去通知人家，路過便知道咱家有賣酒水！」

南溪抱著盧氏親暱地蹭了蹭，家裡有個大人在就是舒服，很多她沒考慮到的東西，盧嬸嬸都會幫她。

「既然要賣酒了，那一會兒記得提一斤到里正那兒去和他說一聲。村裡做買賣是由他負責收稅的。」

「嗯嗯！」

南溪記在心裡，午飯一吃完便提上一斤酒去里正家。進門時正巧遇見他送人出來，那兩人穿著鮮亮的大綢袍，一看就不是東興村的人。

這種時候她當然不能上前打擾，等里正將人送走才好上前。

「秦管事，蔡管事，契約我會盡快遞交到官衙，你們明後日便可以進村開工了。」

「好好好，多謝里正招待。」

那二人笑咪咪地告辭離開後，里正這才注意到有個小姑娘站在一旁。他回憶了下，想起女孩是誰了。

「溪丫頭，妳這是？」

「里正爺爺，這是我自己釀的燒酒。我想自己做點小買賣，過來和您說一聲。」

里正摸著鬍子一愣。「妳會釀酒？」

這可真是有些出乎意料，平時都沒聽說過南家有釀酒的人。

「里正爺爺，我阿娘祖上羅家就是釀酒起家的，只是後來家中出了賭徒才漸漸沒落。但家中還是傳下了一些手藝，舅舅說我有天分，我這才學起來。今日這酒才剛做出來沒兩天呢，您嚐嚐？」

南溪大大方方地遞過去，里正便也接了。這孩子沒了爹娘，村裡總要照顧一二。

「行吧，我知道了，會給妳記上的。賣酒可以，但不能瞧著建碼頭了，便漲高價。」

「我明白的！里正爺爺放心！」

里正見她笑得燦爛，揮揮手將人送走，自己提著酒回了屋。

他媳婦苗氏一見罐子就抱到懷裡去開封，一邊還問道：「這是誰送的？剛剛那兩管事？」

「不是，這是南家溪丫頭送的。」

一聽是南溪送的，苗氏手上動作都慢了幾分。她不覺得南家能送什麼好東西。

「嗯？這酒挺香啊。」里正坐直身子來了精神。

他每天都要喝點小酒，所以對酒的好壞聞味道就知道大概了。原以為南溪年紀小做不出什麼好酒，沒想到啊……

「給我倒一碗嚐嚐。」

苗氏去廚房幫丈夫倒了一碗。她自己也會喝酒，聞著饞了，還偷偷喝了一口。

「溪丫頭這酒真是不錯，比外頭買的烈，口感也不差，不錯不錯。以後買酒上她家去買。」

喝了這碗酒，他對南家印象頓時深了不少。

南溪這會兒沒想著家裡的酒，她在想剛剛從里正家出去的兩個管事。

里正說明後日就可以進東興村來開工，開的是什麼工？路家山上建的是酒樓，這個她已經打聽清楚了。那秦管事和蔡管事又是誰家的？

村裡現在就是塊大肥肉，想吃的人一撥一撥都來了。眼見著東興村越來越好，她心裡也是開心的。村裡好了，她的酒水買賣肯定能更好。

南溪小跑回家後，立刻開始將蜀黍搬出來泡上。然後借來板車，推著酒缸和碗便去了碼頭附近。

她的酒缸上寫了大大的「酒」字，稍微識字的人都能認出來。路上有不少村民詢問她，都照著給里正解釋的那樣回答了，倒沒人懷疑她，只是也沒有人向她買酒。

大概還是不信任她這麼小的娃可以做出好酒來。

南溪一點都沒有氣餒，一路推到碼頭附近。

這裡雖然還沒有建成，但已經有村民在這裡賣小東西。饅頭、烙餅和稀粥，還有水果等等。這裡畢竟有好幾百個人，哪怕一天只有十來二十個人買東西，那也能賺錢。

南溪和那些擺攤的村民打過招呼後，將板車支到靠近碼頭的地方，然後打開酒缸，舀出一碗酒來。

濃烈的酒香順著海風飄出老遠，一路不知多少人聞見味兒。

對面那個賣餅的阿伯被那酒香勾得心癢癢，忍不住問道：「溪丫頭，妳這酒怎麼賣啊？一碗多少錢？」

「阿伯，一斤賣是十二文錢，一碗是三文錢，保證不比縣城裡的酒差！您要來一碗嗎？」

三文錢買一碗酒一點都不貴，那老伯也捨得。當下便買走了南溪剛倒的那碗。這麼熱的天，坐在樹蔭下吹著涼爽的海風，再喝上幾口小酒，實在舒坦。

「溪丫頭，妳這酒還真不錯，以後我就上妳家買酒了。」

喝過的人就沒有說不好的。

南溪笑著應了。

很快那些幹活的人也聞到南溪這邊的酒香，等一歇息便有零星幾人過來買酒喝。幹活正是累的時候，喝一口酒，整個人都有勁兒了。他們一日能賺四十文，花上三文錢喝酒，捨得買的人大有人在。

南溪帶出來的十斤酒不到半個時辰就賣光了，臨走時還有不少人叫她明日再來。家裡還有四十斤左右，明日肯定還要再來的。南溪揣著一兜子銅板，喜孜孜地回了家。

她一進門便將荷包交給弟弟，讓他去清點銅板，自己則是跑去看盧嬸嬸做的「酒」字布幡。

布幡是紅底黑字，看著著實顯眼，就是這紅布……

「盧嬸嬸，這紅布哪裡來的啊？」

盧氏手一頓，略心虛道：「就家裡剩的一小塊，放箱底好久了，反正沒用就先拿來縫這個了。」

一旁的南澤突然抬頭拆穿她。「阿姊，盧嬸嬸說謊。明明是好大一塊紅布，做衣裳都使得。」

南溪摸著那布幡，頓時感覺有些燙手了。「盧嬸嬸，妳這該不會是準備給大涼哥做婚服的料子吧？」

盧氏乾咳一聲沒有否認，她低頭認真地縫著那布幡，拒絕和南溪眼神交流。

「這怎麼能行呢？盧嬸嬸，能縫回去嗎？」

「當然不能了，用都用了，怎麼可以縫回去。」

盧氏怕她多想，趕緊解釋道：「只是一疋料子而已，真是放了好些年，再不拿出來用都要被老鼠啃了。阿涼那傢伙沒個三、五年恐怕是不會成婚的，這布左右也用不上。等他哪日真要成婚再買塊新的就是。」

她很堅持，南溪自知拗不過她，也不說什麼了。

就是看著那布幡總覺得怪怪的，像是自己扒了人家衣裳一樣。

這塊酒字布幡在傍晚的時候掛到了南家小院外，鮮紅奪目。俞涼老遠就瞧見了，一進門就開始誇讚。

「外頭那布幡做得真是顯眼，我才轉到路口就看見了。」

「大涼哥，你有沒有覺得眼熟啊？那是盧嬸嬸用你的婚服料子做的喔！」

南澤一開口，俞涼就愣了。看著自己阿娘那心虛的樣子，他連忙表示不在意。

「這東西反正我也用不上，放家裡落灰還不如拿出來用。阿娘那布還有吧，要不給小澤他們做身衣裳？」

紅豔豔的布做給他倆穿上肯定漂亮。

南溪趕緊拒絕道：「別別別，這麼豔的顏色，我們幹活人穿不了的。」

她還是更喜歡深藍或者黑色、灰色的衣裳，耐髒又不顯眼。

盧氏也覺得顏色不太適合姊弟倆日常穿，那塊紅布還是等日後新媳婦進門，做給新媳婦穿吧！

就是不知道兒子啥時候能把兒媳婦帶回來。

唉……

發愁的盧氏第二天就被媒婆找上門了。

南溪這會兒正在蒸著蜀黍，準備做第二缸燒酒。聽到媒婆進門，還以為是要來給她說親的，正在想要怎麼拒絕，就看到那媒婆熱絡地坐到盧嬸嬸身邊。

「盧姊姊，我來給妳說喜事啦！」

姜媒婆是這附近名聲不錯的媒婆，盧氏打從她一進來就笑臉相迎，聽到她說喜事，心中暗喜，忙問是何事。

「妳家俞涼這回大赦出來沒有案底了，本身這事大家也知道跟他沒關係。所以他這一出來，中意他的姑娘就坐不住了，託我上門來問，俞涼可有別的婚約在身？若是沒有，願不願意和那姑娘相看一眼。」

南溪豎著耳朵一邊聽，一邊扒拉著蓋子裡蒸熟的蜀黍，剛蒸熟還很燙，翻攪的時候一走神撥到，手背頓時燙得不輕。

不過她沒叫出來，院子裡兩人依舊談得好好的。

她聽到盧嬸嬸說俞涼沒有別的婚約，女方中意他又不嫌棄家窮的話，可以先相看相看，還約了時間和地點。

南溪越聽心裡越堵得慌，卻說不出為什麼。

南溪拿水沖了幾遍手便沒去管它了，轉頭又開始蒸下一鍋蜀黍。

院子裡的兩人談了小半個時辰才見那媒婆離開，盧嬸嬸笑盈盈的，看起來心情很不錯。

她當然高興了。
因為家窮，屋子也建得奇奇怪怪，她實在擔心沒有姑娘願意嫁過來。現在突然有個姑娘託媒婆上門，自然只有高興的分兒。
若是事情順利，那姑娘又是個好的，她覺得訂親也好。等碼頭一建好，隔壁的衙役都走了，就把屋子重建，給兒子辦喜事。
那媒婆說的是隔壁村的姑娘，她記得村裡有不少從隔壁村嫁過來的人，一會兒得去外頭打聽打聽才是。
媒婆說得再好，也不如自己打聽的話。
於是傍晚俞涼回來的時候，就在外頭遇上打聽完回來的盧氏。
「阿娘，妳一個人這是去哪兒了？」
「就去村子裡轉了轉，打聽了點事。」
盧氏扶著兒子的手，小聲和他說了今日媒婆上門的事。
「我去和村子裡幾戶從隔壁村嫁過來的人打聽過了，那齊家大姑娘是個好的。只是她爹娘相繼離世，守孝才耽擱到現在這個年歲。底下的四個弟弟妹妹照顧得很好，大弟今年已經成家，以後她若是出嫁，不用再管那三個小的。」
俞涼聽完心頭一慌，連忙問道：「阿娘，妳沒有跟人定下什麼吧？」

「還沒呢，哪有這麼快。」

盧氏扯著兒子走進院子，笑道：「你都這麼大了，該說親了。只是相看，又沒關係。」

她已經打定主意，那姑娘不嫌棄家窮，一定要讓兒子去見見。

俞涼張嘴就要說不，一抬眼就看到灶房裡的小丫頭。平時看著他都會笑的小丫頭，今日眼神莫名冷淡許多。

「阿娘，妳直接拒絕了吧，我不會去相看的。」

「你敢！人家姑娘都這樣託媒人上門了，好歹也去見一見。萬一你一瞧就中意了呢？」

盧氏的一大心病就是兒子的婚事，眼下有姑娘看中他，條件也不是很差，她自然積極。

「阿涼啊，咱家就這個條件。有姑娘願意的話，為什麼不去相看呢？看完你若不中意，阿娘絕不勉強你，但你好歹去看一眼。」

知子莫若母，盧氏知曉兒子是個吃軟不吃硬的傢伙。自己惆悵感嘆一下，再答應看不中就不勉強，他肯定不會拒絕。

俞涼看著阿娘那滿頭白髮，到底沒狠下心去拒絕她。

「好……」

聽到兒子答應了，盧氏相當歡喜，連晚飯都多添了半碗。

俞涼心不在焉地扒著飯，眼睛管不住地又往旁邊看，一看臉色就變了。

「小溪，妳的手怎麼了？」

南溪縮了縮手，只說沒事。

俞涼一著急便直接伸手過去，攥著她手腕，將她的手拉出來。

「都燙成這樣了，還沒事。看妳這樣也沒抹藥，家裡沒藥了嗎？」

盧氏的眼盯著兒子那手，突然覺得有些吃不下飯了。

桌上安靜了片刻。

手被攥得生疼，南溪掐了他一把才縮回手。

「就是不小心燙了下，已經拿水沖過了。幹活的人哪有不受傷的，一點小傷用不著抹藥，很快就會好的。謝謝大涼哥關心。」

最後那句話很冷淡，不光俞涼聽出來了，連盧氏都若有所覺。

桌子上大概只有南澤吃得最開心。

今晚有中午剩下的肉，還有炒雞蛋和他最喜歡的大螃蟹，都是他愛吃的！

一頓飯吃得各有各的滋味。吃完飯照平時的樣子，俞涼就該上山去。可他一直沒找到機會和南溪說話，便磨磨蹭蹭地從院子掃到外頭，又從外頭掃進院子。

盧氏實在看不下去，一掃帚將人攆走了。

這一晚，她是怎麼樣睡都睡不著。

自己生的兒子，她當然最了解，先前就覺得他有些不對勁，大晚上的不編籃子，去琢磨新的草鞋。到這裡也總是很勤快地去幫溪丫頭幹活，對南澤就更好了，好不容易的休息時間都在陪他走路。

起先她以為這是兒子在報答姊弟倆。現在麼，怎麼越琢磨，越不對味了。

尤其是他吃飯時緊張地去抓溪丫頭的手，絕對超出對鄰家妹妹的關心。

可溪丫頭對他挺冷淡的，瞧著並沒有那個意思。

頭疼啊，這下該怎麼辦呢？親是相還是不相……

時間地點都和人約好了，怎麼能不相呢？

第二天，俞涼還是被趕鴨子上架去了約定的地方。他一走，南溪也推著酒水出門了。

盧氏早上觀察了，竟是沒瞧出她到底有沒有不高興。

雖說她一直覺得自家配不上溪丫頭，可若溪丫頭當真對阿涼有意思，那她真是求之不得。

溪丫頭這樣好的姑娘做自己兒媳婦，她作夢都要笑醒的。

也不知道昨天是不是自己看花了……

盧氏心裡惦記著事，乾脆搬張凳子坐到院門口，一邊做鞋子，一邊等著兩人回來。

俞涼按時到海邊，這裡是一處海灣，離村子裡挺遠的，差不多算是隔壁村的地界了。

他既然答應了阿娘，便不會敷衍。反正阿娘說了，看不中意也沒事。

等了近半個時辰，椰子林裡才傳來說話聲，是媒婆帶著齊家姑娘來了。相看時，媒婆不會走遠，也是為了防止別人說閒話。所以一出椰子林，媒婆便不再往前，只有那齊家姑娘輕輕走過來。

這半個時辰，俞涼一點也沒閒著，不能趕海，他就在沙灘邊撿些被沖到岸上的樹枝，一點點堆起來，再拿乾草搓成繩子捆上，走的時候帶回去。

齊春榮越走越近，越看他越滿意。

鄉下村子嫁人條件好不好是一方面，男人身子壯不壯也是很重要的。

她從小沒有男子那般健壯，幹活吃了不少苦，所以一看俞涼，心裡真是滿意不已。當年沒進去牢裡時，他就那麼壯實了，現在更甚，嫁給他準沒錯！

齊春榮臉上帶著一點羞澀的笑意走到俞涼面前，正要開口叫俞大哥，就聽到他有點不高興道：「約好的時辰，妳怎麼晚到這樣久？很耽誤我幹活掙錢的。」

齊春榮的臉有那麼瞬間差點沒能穩住笑。耽誤一上午有什麼關係，那點錢有娶媳婦重要？

「俞大哥，真是對不住，我大概是記錯時辰了。」

俞涼點點頭表示不再計較，他將齊春榮上上下下打量了一番，然後開口告辭。

「欸！俞大哥，你不多待一會兒嗎？」

「不了，人不是都相看過了嗎？我還要到上山去幹活。」不解風情的俞涼直接扛上自己捆的兩捆濕柴開始往回走。

齊春榮氣得眼淚都掉下來了。

「都怪妳！說什麼第一次見面要矜持。現在好了，人走了！他肯定不會娶我的！」

媒婆尷尬地笑了笑，誰知道這俞涼坐過牢，脾氣還這麼大，明明他娘那麼好說話。

「沒事，我晚些時候再去和他娘說。成婚到底還是要父母之命。別的我不清楚，俞涼是挺孝順的。」

齊春榮聽完勉強信了，拿了十文錢給媒婆後，便氣鼓鼓地回家了。

俞涼扛著柴回去的時候，半路正好遇上推著空酒缸的南溪。今日買酒的人更多，賣得很快。她沒想到會在路上遇見俞涼，一時也不知能和他說什麼，乾脆沒有理他，直接推著車子往家裡走。

「小溪……」

俞涼跟在她後頭，叫了她幾聲都沒回應，比昨日更冷淡了。他腦子轉得還算快，突然喜出望外地湊上去道：「我不會娶那個齊家姑娘的！」

南溪腳下一頓，嘴角險些翹起來。「你娶不娶關我什麼事？走過去點，別擋到我。」

俞涼心中歡喜，她總算肯和自己說話了。

自從媒婆昨日上門，她就冷冷淡淡的，原來真是因為這個。

那是不是……她也對自己有一點好感呢？

這個想法實在令人歡喜，他有心再上前和她多說幾句話，可走在村子裡時不時就會遇上村民，所以只能落後幾步，打算跟著她進院子裡再說。

很快地，兩人到了院子門口。俞涼放下兩捆柴，幫著她將酒缸等物搬進院裡，一進門就愣了。

院子裡居然又來了個媒婆。

俞涼下意識地回頭一看，果然小丫頭又不高興了，他暗道不好。不等阿娘開口，他先拒絕道：「阿娘，我現在還不想成婚，您就別替我操心了。」

盧氏臉色一言難盡，暗嘆了一聲，介紹道：「這是縣裡來的張媒婆，是來給溪丫頭說親的。」

門口兩人齊齊傻眼，南溪愣了好一會兒才頂著俞涼那幽怨的目光坐過去。

「不知張媒婆是替誰來說媒的？」

張媒婆笑得開懷，一臉「妳走大運」的表情。

「南姑娘，我是來替路家小少爺說媒的。」

聽了這話，盧氏先皺了眉，方才這媒婆一進門只說自己是來給溪丫頭說媒的，具體什麼情況一個字都沒說。萬萬沒有想到，居然是路小少爺。

路家是整個瓊花島上最富的人家，他家小少爺恐怕不會娶溪丫頭做正妻……

「姓路的想讓我給他做妾？」

南溪一拍桌子站起來，眼神不善地盯著張媒婆，盯得她心裡毛毛的。

這場面跟她想得差太遠了，在她看來，一個鄉下丫頭能做路家少爺的妾，那是前世修來的福分，怎麼這個姓南的丫頭一臉要吃人的表情？

「南、南姑娘，妾室雖然聽上去不太好聽，但實惠在自己手裡啊。路小少爺說了，只要妳點頭，明日便能送上五百兩銀票給妳壓箱底帶進府，再另外拿五百兩給妳弟弟，保證他一個人也能過得舒舒服服的。」

一出手就是一千兩，這樣大方的少爺，誰能不心動？

南溪轉身找了找，從角落拿出掃帚來，直接將張媒婆攆出門。

「回去告訴那路小少爺，本姑娘不稀罕。以後再敢踏進我家門，別怪我不客氣。」

「砰」一聲大門關上，張媒婆看著自己布鞋上的腳印目瞪口呆。

簡直豈有此理！

小院裡靜悄悄的，三個大人之間的氣氛明顯不對。

南澤看看這個，又看看那個，嚥了嚥口水，道：「阿姊……那路小少爺就是上回跟妳在山上吵架的那個嗎？」

南溪「嗯」一聲，還沈浸在那王八蛋少爺想讓她做妾的憤怒中，這會兒連數銅板的心情都沒有了，一抬頭又看到另一個堵心的傢伙。她瞪了俞涼一眼，轉身憤憤地進了屋子。

「小……」

俞涼才往前兩步，就看到阿娘瞇著眼上上下下地打量自己。那眼神怪怪的，瞧得他渾身不自在。

「阿娘，這是看啥？」

盧氏這會兒要再看不出來，那她就白吃那麼多年的鹽了。她也瞪了兒子一眼，轉身進屋去找南溪。

「大涼哥，你過來。」南澤小聲朝他招手。

俞涼看著他那眼神，總覺得他要說什麼大事，當即乖乖坐到他身邊。

「你是不是喜歡我阿姊啊？」

俞涼聽到了自己狠狠吞嚥口水的聲音。

他表現得很明顯嗎？小溪看出來了？阿娘看出來了？

「是不是嘛？」南澤戳了戳他。

這兩日家裡氣氛這麼怪，他又不是小毛孩子，當然有注意到。特別是大涼哥看到阿姊受傷時那緊張的樣子，一看就有問題。

若是大涼哥做姊夫的話，他會舉雙手贊成。大涼哥家就在隔壁，阿姊若是出嫁也不會離自己很遠。而且大涼哥性子好，人老實，盧嬸嬸也疼阿姊，這樣嫁過去肯定不會受欺負。

當然，最關鍵的還是要聽阿姊自己的意思。

「大涼哥你要是承認的話，我可以幫你說好話喲！」

俞涼眉梢一挑，心動了。南澤這個小傢伙在她心裡可重要了。

他轉頭揉了一把南澤的頭，輕聲承認道：「是的，我喜歡你姊姊。」

「那你什麼時候請媒人來提親呢？」

「這……」

俞涼短時間內並沒有這個打算，畢竟他現在要房子沒房子，要錢沒錢。

成親是一輩子的事，他不像那路小少爺那般闊綽，但也不能讓她的婚禮比村裡其他姑娘差。所以得先努力掙錢才行。

「你啊，別操心那麼多了。你姊都不知道會不會願意嫁給我呢。」

現在談這些太早了。

南澤撇撇嘴，他覺得阿姊是願意的。好幾次他都看到姊姊在看大涼哥，那眼神怎麼說呢，反正不像普通朋友的眼神。

算了，自己只是小孩子，這樣的大事還是讓姊姊自己操心吧。

兩人又說了一會兒悄悄話，南家小院恢復了往日的寧靜。

第二十章

山上供路小少爺休憩的院裡就沒這麼平和了。

聽到自己被拒絕，媒婆還是被直接趕出門，路小少爺氣得一連砸了好些東西。

不過砸完後，他又覺得被拒絕好像並不是那麼意外，畢竟南溪那丫頭本就是個很特別的性子。她若是乖乖收下銀子進府，自己可能也沒那麼喜歡她了。

「明日妳再去一趟，一千兩不行就二千兩，二千兩不行就三千，加到一萬都可以。只要妳把事辦成，給妳三百兩銀子的謝媒禮。」

張媒婆兩眼放光，一聽三百兩謝媒錢，恨不得現在就上門去摁著南家丫頭點頭。

「小少爺您放心，我明兒個上門一定好好說，讓那南姑娘應下親事。」

兩人說話聲音不小，至少余陶在外頭是聽得清清楚楚。

一千兩、二千兩，還一萬兩，小少爺真是好日子過得太舒服了，不知掙錢艱難。花這麼多銀子就納個妾，東家肯定不知道。

余陶轉身就進了自己屋子裡開始寫信。

小少爺現在可是在他的地盤，真要是搞出事來，倒楣的人絕對是他。而且，南家丫頭的爹畢竟是自己的朋友，多多少少也有點情誼在。不能讓這小少爺繼續糾纏下去了，萬一傳開了，對小丫頭的名聲無益。

余陶快速寫完信，立刻就讓人包船送到臨陽又加急送到南黎府。

路小少爺還不知大難臨頭，下午便興致勃勃地乘著小轎下山在村裡亂晃，想來一場偶遇。

他的運氣也是好，正好碰上南溪在碼頭附近擺攤賣酒。

這會兒休息的工人剛喝完離開，攤子前沒什麼人。路小少爺搧著扇子慢慢走過去，好一個風流倜儻。

「南姑娘，又見面了。」

南溪沒理他，只靜靜地洗著碗。

「南姑娘，我要買酒。」

聽到這話，南溪才抬起頭來。

「十二個銅板一斤，三文錢一碗，你要買多少？」

路小少爺臉上略顯尷尬，他身上沒有銅錢。不過，小廝身上肯定有的，他轉頭去找人拿了十二個銅板，豪氣道：「我要買一斤。」

南溪從酒缸後面提出早就打好的一斤，裝完酒罐遞給他。一手交錢一手交貨，半點眼神都不給。

「給你，好走不送。」

路小少爺無語。「……」

失策了，買整斤的好像沒什麼說話的機會。

「我還要再買一碗。」

他又給了三文錢。

南溪挑挑眉沒說什麼，直接拿了個洗乾淨的碗，打了一碗給他。

儘管這酒碗已經洗得很乾淨了，可它還是很醜，灰灰的陶碗一看感覺就髒髒的。比起家中那些精緻又漂亮的白瓷、青瓷碗，簡直差太多了，而且這碗一看還是剛剛那些粗人喝過又拿來洗的。

路小少爺好幾次端到嘴邊都沒能下得了口，總感覺這碗邊都是別人的口水。

「路少爺，別勉強了，我們鄉下人喝的東西哪能進得了您的口呢。」

年輕氣盛的小少爺哪聽得了這話，立刻端起碗咕嚕喝起來，瞧著還是挺豪氣的。

一口氣喝了大半碗，不知是喝不下還是嗆著了，咳得眼淚汪汪的。

「少爺！咱回去吧！」

「這酒哪比得上府中的酒，少爺您別喝壞了肚子。」

兩個小廝非常盡責，一直極力勸著。可路小少爺很倔，竟然將那碗燒酒喝光了。

不過估計酒量不是很好，喝完沒一會兒，他臉就開始紅起來，後來更是站都站不起來，只能靠在兩個小廝身上。

南溪搖搖頭，這人酒量比自己還差。

醉成這樣都不用自己想法子趕了，那兩個小廝比誰都著急，飛快將人弄上小轎抬走。

南溪賣完酒回去的時候，正巧遇上林家給春芽下完聘離開，春芽和爹娘在門口送人。春芽瞧見她立刻瘋狂招手。

不過她現在帶著東西不好過去，於是乾脆先回家一趟放好車子，才又去了春芽家。

這會兒林家的人都走了，聘禮也被春芽爹娘拿到正房裡。

春芽一臉喜氣，拉著南溪進了她的屋子。「南溪！我的婚期定啦！」

「定啦？什麼時候？」

「十月底出嫁，大概就三個多月時間。」

春芽眼裡都是甜蜜，顯然對這個婚期日子很是期待。她把自己最近繡的荷包和做到一半的嫁衣都拿出來擺到床上給南溪看。

「這件嫁衣的繡紋我學了好久才學會的，妳看漂不漂亮？還有這個荷包，我也學了好久。之前繡了對鴛鴦，可林三哥說是鴨子，哼，結果還不是眼巴巴地揣懷裡去了。」

有了心上人的姑娘連說話都是帶著甜的。南溪不知怎麼心裡有點泛酸，好像還挺羨慕。

「好不好看？」

南溪仔細看了那件嫁衣，亮眼的紅色加上喜慶的繡紋，做好了穿上肯定很漂亮。

「好看！」

「好看就行，不枉我手指頭都快扎廢了。」

「啊？這麼難繡，幹麼不直接穿沒有繡紋的喜服呢？」

南溪覺得沒有繡紋，只是一襲大紅嫁衣也挺好看的。

春芽搖搖頭，有些驕傲道：「嫁人可是咱們姑娘家一輩子的事。只要有條件，哪個姑娘不想穿著最漂亮的嫁衣嫁人呢！對了，嫁衣最好都是由自己親手縫製的，妳忘了之前的事，那妳還做得出自己的嫁衣嗎？」

走出春芽家，南溪的心情很低落，她好像除了釀酒什麼都不會。做飯勉勉強強，洗衣裳也洗不乾淨，做衣裳？完全不會。更別提什麼繡花樣了。

她好像只會做體力活兒。

唉……

南溪慢吞吞的一路低頭踢著小石頭回家。快到家時，小石頭踢到一個人腿上，她正要道歉，一抬頭看到是俞涼，立刻把話嚥了回去。

哼……齊家那事還沒說明白呢！

「怎麼了？誰惹妳不高興了？」

南溪話到嘴邊突然改了個方向。

「林三哥今天到春芽家去下聘了。我剛剛過去，春芽給我看了她自己繡的嫁衣，她繡得好好看。我……我已經不記得怎麼做衣裳了。」

俞涼還以為是什麼大事，聽完笑著開解道：「不會做就不做，以後可以買現成的，比春芽繡得更好看。」

南溪哼哼兩聲，又道：「我還做不好飯，洗不好衣裳，看不好娃。」

好媳婦有的能力，她都沒有。

俞涼被她可愛嬌俏的樣子給萌到，心裡怦怦跳得飛快，他腦袋一熱，張口就道：「這些以後我來！」

南溪無語。「……」

反應過來自己說了什麼的俞涼，臉和耳朵瞬間爆紅。

只要人不傻，就能聽出這話裡的意思。

南溪那一瞬間腦子都懵了。

俞涼說的真是那個意思嗎？還是隨口說說的？不……他不是那種隨口說說的人。

儘管和他相處的時間不長，但自己還是了解他的為人。

所以……是真的吧。

南溪從前不懂什麼是羞澀，現在莫名有些懂了。她覺得臉上有點熱，想張口問問卻又不敢看俞涼的眼睛。

「阿姊，大涼哥，怎麼到門口了不進來？」

扶著牆走到門口的南澤，看見兩人很是好奇。

這下想說啥話都不好說了，南溪頭一個走進院子裡。進門便去小屋子裡，美其名曰是要檢查蜀黍發酵得怎麼樣。

俞涼心知若是就這麼糊弄過去，以後大概又會和之前那樣過日子。

不是不好，就是會不甘心。

明明話都說到這分兒上了，他想讓南溪明白自己的心意，想她以後看見自己便會笑，而不是冷淡相待。

「小澤，我、我去和你姊姊說點事。」

南澤一臉「我懂」的樣子，請他進門。「盧嬸嬸回來了，我就叫豆豆。」

俞涼輕笑一聲，摸摸他的頭走了進去。

放酒缸的小屋子算是南家最僻靜的地方，因為這裡的東西除了南溪誰也不懂，所以一般只有她一個人會進出。

俞涼進來的時候，南溪便不自覺開始緊張起來。

「你怎麼進來了？」

「我剛剛話還沒有說完。」

俞涼走到南溪面前，看著低頭只到自己胸口的小姑娘，心裡軟軟的。

「小溪，方才我在外面說的話都是我的真心話。」

南溪控制不住地抿唇笑了笑。

「那個齊家姑娘我也早就拒絕了，還和阿娘說過了，以後再也不相看姑娘。」

南溪心情更好了幾分。

「我想努力攢錢，然後向妳提親。妳……會願意嗎？」

俞涼緊張地攥著手，眼睛一眨不眨地盯著眼前人。呼吸都放輕了，生怕漏了她的話。

南溪顯然被驚到了，她沒想到俞涼會這樣直接，還問她願不願意。

不願意？好像沒有。

願意？好像又答應得太輕鬆。

不過村子裡嫁娶好像都不用詢問姑娘的意見，都是父母直接定下婚事。

南溪深吸一口氣，抬起頭去看他。兩個人還是頭一回站得這樣近，近得連對方眼裡的影子都能看清楚。

「為什麼想娶我？是因為我對盧嬸嬸好？還是因為盧嬸嬸喜歡我？」

「不是！不是因為別的，只是喜歡妳想娶妳，想和妳過日子，想和妳長長久久在一處！」

說完這番話俞涼自己都呆了，他平時哪說得出這樣的話。

南溪轉頭笑出聲來，心裡泛著一股甜意，只覺得這人越來越順眼了。

不過還有一事要問清楚。

「那你是還沒入獄前就喜歡我了？」

這個答案對南溪來說還是很重要。如果俞涼從前就喜歡原身，現在喜歡她那也是因為原身。這樣的喜歡，她不要。

俞涼聞言，緊張到汗都冒出來了，但他不願意撒謊，老實道：「沒有……我以前只是把妳當妹妹看，這回出來後和妳相處時才……才起的意。」

「瞧你，這樣緊張做什麼，出了這麼多汗。」

心滿意足的南溪扯出自己的帕子伸手給他擦汗，這是一種很親密的行為，俞涼瞬間就懂了。

俞涼一把抓住給自己擦汗的小手，興奮問道：「妳答應了？」

南溪輕輕點頭，乖巧不已。

俞涼心中激動到恨不得將她抱起來轉一轉，可院子裡傳來南澤叫豆豆的聲音，他只能先忍下來，鬆開她的手。

「阿娘回來了，我得先出去。晚些時候我會找她說咱倆的事，可以嗎？」

南溪沒怎麼猶豫，又點點頭。她就沒想過要和俞涼偷偷摸摸的，既然他也喜歡自己，當然要過明路。

但她還是有些擔心盧嬸嬸會不同意。

村子裡其實挺多人說她和弟弟命格不祥會剋親。俞涼是盧嬸嬸的命根子，她會答應嗎？

南溪張口想問，卻見俞涼紅著耳朵上前狠狠抱了她一下。

「我先出去。」

就這麼走了？盧嬸嬸真回來了？

可是他怎麼發現的？

南溪細一想，想起弟弟在外頭叫了兩聲「豆豆」，頓時氣笑了。

臭小子居然胳膊肘往外拐。

於是傍晚，南澤的麵碗裡便少了一顆蛋。

雞蛋是百吃不厭的東西，南澤很喜歡，一般都是留在最底下，等麵吃完了再吃。

今天吃著麵感覺不對，一翻竟沒有蛋。他還以為是家裡沒蛋了，結果桌上三個人都有，就他碗裡沒有。

小孩心裡難免就有些委屈了，吃著麵也是悶悶不樂。

俞涼一琢磨，又看對面小姑娘瞪自己，哪有不明白的。他便把自己的雞蛋挾給南澤，小聲道：「是我連累你了。」

南澤頓時又高興了，險些說出「謝謝姊夫」。他一口咬下雞蛋，又朝著姊姊笑了笑。

南溪哼了一聲，低頭吃自己的麵。但她臉上的笑意藏不住，一看心情就很不錯。

桌上的這點「眉來眼去」，盧氏沒有注意到，只是覺得今日飯桌上的氣氛沒那麼壓抑了。

吃完飯，聽兒子說想和她出去消消食，盧氏也沒多想，直到走向海灘邊四下無人時才感覺有些不太對。

兒子好像是要說什麼大事。

「阿娘……我想、我想求娶小溪！」

盧氏沈默片刻，道：「阿涼啊，這……咱們家的情況，哪好意思。」

南家不光有房子，山上還有地，現在還有釀酒的手藝。這樣好的姑娘，哪輪得上自家。

「阿娘，小溪已經答應我了。」

「什麼？」

盧氏一臉懵了，聽兒子這意思兩個人私底下竟是有了情意，可到底是什麼時候呢？

平時兒子回來吃飯時，她也有在家，兩個人有來往嗎？不是一直都客客氣氣的嗎？怎麼回事？

盧氏抓著兒子要他說清楚。

可感情的事又哪說得清楚呢？他都不知道自己是什麼時候動心的，也許是出獄那日她在樹下看過來的時候；也許是她山下回懟毛阿婆的時候，聰明可愛又鮮活，真是很難讓人不喜歡她。

「阿娘，反正我是非她不娶。等碼頭建好，那些徭役走了，咱們就請媒人上門提親。」訂親的男女是不好再天天見面，所以還是等他搬回自己家後再去提親。

盧氏還能說什麼。溪丫頭都同意了，何況這門婚她是求之不得。回去的路上她是越想越高興，一再叮囑兒子要對南溪好。

俞涼自然連連點頭，這個都不用阿娘交代，他肯定會對自己媳婦好。

母子倆又回了院子，南溪心知兩人是去說什麼，一見盧嬸嬸那笑臉，她便明白了，心裡也是格外開心。

晚上準備睡覺時，盧氏拉著南溪的手，認真地問她。「溪丫頭，我們家的情況，妳都知道，妳真的願意嫁給阿涼嗎？」

「盧嬸嬸，我願意的。」

南溪答得乾脆，盧氏一聽，眼便熱了。

「好好好，妳心裡頭願意就好。阿涼別的我不敢說，他肯定是個疼媳婦的。」

盧氏有些想哭，想想自己的眼睛又憋了回去。她心裡高興，拉著南溪說了許多話，什麼時候睡著的都忘了。

以前她就很疼南溪，現在更寵著她了，待她比親生女兒還好。要不是眼睛不好，家裡的重活，盧氏都想全包下來。

誰不想被人寵呢，南溪心情最近都非常不錯。如果那個路小少爺不來她面前礙眼的話。

「南姑娘，我馬上就要回南黎府了，但我的心意沒變。我還是很想納妳做妾。妳要是改變心意了，我現在就能帶妳走。」

路小少爺的面皮還是非常能糊弄小姑娘。他看著妳，眼裡滿滿都是情意，彷彿只專情一人。但南溪知道，像他這樣的小少爺，家裡不知有多少通房丫頭，哄姑娘的話大概幾籮筐都說不完。

「小少爺一路順風。」

「妳真的不跟我走？」

南溪點頭，非常嫌棄地擦了擦自己剛剛被他不小心碰到的手。

「我喜歡身材壯實的，小少爺你差太遠了。」

路小少爺臉漲得通紅，大概是傷了自尊心吧，也放不下身段來哄人，很快就氣呼呼跟著他爹派來的人走了。

碼頭這點事，村裡見著的人不少，很快就傳遍了。連俞涼幹活時都能聽到一些人在談論。

他沒將路小少爺放在心上，南溪是絕對不可能答應給人做妾。他比較關注南溪說的那句「我喜歡身材壯實的」。

整個東興村沒有成婚的男子裡，身材比他壯實的沒有幾個。難怪那日小澤戳自己手臂時，她的眼神會那麼奇怪。

俞涼莫名領悟了。

傍晚回去幫忙打水時，他便把袖子拉得高高的，一提水便顯出鼓鼓的麥色肌肉。南溪管不住自己的眼睛，她是真的愛看，甚至想摸。忍了又忍，才收回目光。

第二日，俞涼又穿上了那套略不合身的短褂和褲子，他幫著翻攪蜀黍的時候，衣裳總會跑上去露出腰腹來。

他每天都要勞作，腰腹的肌肉也十分緊實，一塊又一塊，看著就……

南溪掐了自己一把回過神，心裡越想越覺得不對勁。她走到俞涼面前輕輕踹了他一腳。

「你故意的？」

俞涼耳朵尖慢慢紅了，他也不撒謊，「嗯」一聲。

「妳自己說，喜歡壯實的。」

南溪沒想到是因為這個，她愣一會兒，突然就笑了。人家都大方送上門給她看了，那她還忍什麼。

她走近兩步，看到俞涼喉結不停地滾動，明明緊張不已卻又眼巴巴看著她。

真可愛啊。

南溪伸出手，一點一點地爬上他的手臂，親手試了試手感。真是非常不錯，讓人安全感十足。

俞涼盼著她喜歡，被她摸著又覺得心癢難耐，來來回回的，到底沒忍住，還是親手將那隻手抓了下來。

「太癢了。」

「哦，那不摸了。」

南溪一把抽回手，高高興興地走出小屋子。俞涼眼巴巴看著門口好一會兒，她也沒再進來，只得繼續認真幹活。

自從他和南溪的事過了明路，平時他回來吃飯的時候，盧氏和南澤都會很有默契地給他們一點單獨相處的時間，比如一起做飯，一起洗碗，或者一起翻翻蜀黍。

頂多一刻鐘，再多是沒有的，也不能太出格。

南溪自己不在乎，但盧氏盯得嚴。就怕單獨相處時間長了，兒子把持不住會衝動。

俞涼白日裡大多時間在山上幹活，晚上也要在山上守夜，兩人相處的時間是真不多，所以分開也格外不捨。

明明以前沒有說開時都覺得還好，現在不知為何一到門口就覺得腳下異常沈重，很難走出去。

大中午的，南溪也不想看他一直在門口曬著，乾脆戴上草帽說要上山澆水。

這樣兩人也能一起走一路，儘管是一前一後。

俞涼心滿意足地走在後頭，沒走多遠，前面的人突然停了下來。順著她的目光看過去，那邊有幾棵紫薇樹開花了，紅豔豔的一片很是好看。

她喜歡花？

這個記下來，等家裡房子重建後，可以在院牆外種一點爬牆的牡丹和紫藤，到時候花開，比紫薇花更漂亮。

俞涼一想到蓋房子娶媳婦，早上幹活都格外有勁，晚上守夜更是經常熬夜編織到天亮。

兩個月下來是掙了不少錢，人也瘦了一些，不知是不是勞累過度，這兩日還有些發熱頭疼。

盧氏強制讓他休息一日，只留下晚上守夜的活兒。這會兒他正躺在南澤的床上等藥喝。南溪端著藥進門時，臉色不太好。俞涼有些訕訕，坐起來也不敢說話。

「喝藥！」

俞涼接過碗一飲而盡，剛想說什麼，就見心上人轉身要走，他連忙一把拉住她。

「我錯了！」

南溪到底還是心疼他，聽到這話又轉身回來。

「跟你說了多少回，晚上不要熬夜幹活，你就是不聽。現在還沒成親就不聽了，以後還得了。」

俞涼趕緊認錯。「我想快點攢夠錢，著急了些。以後保證不會了……」

他著急攢錢，就是為了想早點成親。南溪心裡明白，卻還是生氣。

「身體重要還是錢重要？生病不還得花錢嗎？」

「好，我知道了，以後保證不會。」

聽他連說話聲音都透著一股病氣，南溪心一軟也不念叨他了，又去倒了溫水給他喝。

生病的人好像會格外脆弱一些，若是平時南溪要走，俞涼捨不得也不會說什麼。今日他放肆一回，拉著南溪的手不肯放。
「妳陪陪我？」
平時生龍活虎的一個大男人，現在燒紅了臉，無精打采地半靠在床上，可憐巴巴的樣子，實在讓人無法拒絕。
南溪應了一聲，在他身邊坐下來。
「你躺一會兒，睡一覺發發汗。」
「好……妳不要走。」
「不走。」
南溪擰了帕子放在他的額頭，瞧見他臉上有沾灰的地方，又拿出自己的帕子沾水替他擦掉。
冰涼涼的帕子貼在臉上很是舒服，俞涼迷迷糊糊地閉著眼，將她手抓在唇邊親了一下。呼出來的熱氣彷彿燙到了她心裡。
南溪有些眼熱，坐了好一會兒才平復心情。看著他這麼拚命掙錢，她當然難受又心疼，可她知道俞涼是不肯借自家的錢。
不管是聘禮還是房子，這個男人都要靠自己的手去掙。
靜坐了一刻鐘後，瞧著他已經睡熟了。

南溪幫他換了帕子，看著他那乾燥起皮的嘴唇，頓時心生憐惜，湊上去輕輕碰了下，然後如同做賊一樣跑了出去。

這事誰也不知道，她也沒和俞涼說。

第二十一章

等俞涼的病好了，南溪才有心情去赴小姊妹的約。

春芽的婚期越來越近，她難得有時間出來和南溪逛街。

兩人在縣城裡逛了一個時辰，買了一點胭脂、布料和小東西，回去的時候累了，便先到春芽家坐一會兒，打算喝點水就回家。

春芽放好東西，立刻興奮地湊到南溪面前戳她。

「剛剛妳買的那是髮帶吧？我瞧得很清楚，那是男子用的。快點從實招來！」

南溪也沒想著瞞她，便說了自己和俞涼的事。

春芽驚訝得嘴都要合不攏了，不過想了想又覺得應該的。

畢竟南溪現在變得這麼好看，俞大哥日日看著當然會心動，正好南溪又喜歡俞大哥那種體壯之人，兩個人互相有意也很正常。

「那你們這樣過了嗎？」春芽伸出兩手食指互相碰了碰，她好奇極了。

南溪一開始還沒明白，看到春芽點唇才反應過來。想到俞涼生病那日自己做的事，她有些不好意思地點了點頭。

在這村裡她沒什麼更親密的夥伴，也就春芽能說話了。

「那伸舌頭了嗎？」

「噗！」南溪一口水嗆住，咳到耳朵都紅了。

春芽一瞧就明白了，立刻興奮地湊過去和好姊妹咬耳朵。

兩刻鐘後，走出大門的南溪不光耳朵是紅的，臉也紅得嚇人。

這個好姊妹是真敢說啊！

一直以為自己已經夠大膽了，沒想到春芽更猛，她說的話南溪想都不敢想，心慌得坐都坐不住，這不趕緊逃了。

回家喝了大碗井水，南溪才緩過來。

「小澤，盧嬸嬸呢？」

「盧嬸嬸被余阿婆拉去做喜餅了，聽說余阿婆家馬上也有喜事呢！中午盧嬸嬸不回來吃飯，讓我們不要做她的。」

「行。」

南溪只記得余阿婆大概的樣子，不熟的人她就沒多問了。

這會兒日頭已經很高，再半個時辰，山上那個傢伙就要回來吃飯了，得趕緊煮才是。

現在島上炎熱，大中午也沒什麼胃口，一般都是煮粥，煮好還得放涼了再吃。

南溪沒讓弟弟燒火，自己一人在灶房裡做飯。現在她的手藝感覺不差了，一鍋稀飯、兩樣小菜再加一碟鹹菜，家裡伙食還是很豐富的。另外，她還煮了顆雞蛋，給俞涼離開的時候帶走，怕他吃不飽。山上可都是體力活。

「阿姊，外頭老有個人晃來晃去的……」

「嗯？村裡人？」

南溪一邊在圍裙上擦手，一邊出去查看。家門口沒有人，但走出去不遠的路上還真是有一個。灰撲撲的，一看就是碼頭那邊幹活的人。

他看到南溪出來猶豫了下，又很快朝她走過來。

「南姑娘，我叫許大志，是那邊碼頭做工的。」

「我記得你，你有在我這裡買過酒喝。」

南溪記性一向挺好，這人至少在自己酒攤上買過兩、三次酒，所以這是想到家裡來買酒水喝？

「我……」

許大志大概是不太好意思和姑娘家講話，都沒敢抬起正眼看她。

「我想問問南姑娘，妳家這燒酒能大量賣嗎？」

「大量賣……」

南溪大概明白這人是來做什麼的了。

「許大哥是想從我這兒大量買酒，然後轉賣到別處？」

「對！」

許大志有些激動，他猶豫半個月了，今日才鼓起勇氣來的。南家的燒酒味道是真的不錯，價錢比縣城裡便宜，味道又比縣城好。他打算多買些回家，賣十四、十五文錢。一斤賺兩、三文，十斤、二十斤那可賺得多了。到時候自己在碼頭幹活，媳婦和老娘賣酒，家裡能多好些進項呢！

「南姑娘，可以賣嗎？」

「自然能賣了，酒做出來就是要賣的嘛。許大哥，你能買多少斤呢？」

許大志這下乾脆了，毫不猶豫說要買五十斤。他想過，反正這酒水越放越香醇也不怕壞，一次就多買些。平日看南姑娘推個十斤、二十斤，在碼頭可好賣了，自己還住在縣城邊上呢，一早趕大集市，那大路上可都是人，比這邊碼頭還多。

五十斤，他覺得肯定好賣。

「不過今日我身上沒帶那麼多錢，得明日再來。」

「沒事，明日就明日。但你來的時候得自己備個裝五十斤的酒缸，從我這裡買會比較貴。畢竟我一路從縣城弄回來可費勁了。」

一個酒缸十幾二十文，反正她捨不得送。

許大志連連答應，這才轉頭離去。

南溪一回頭突然發現俞涼不知什麼時候回來了，就站在她身後不遠處。

「嚇我一跳，回來也不出個聲，站在那兒幹麼？」

「看妳跟人談買賣，挺有意思的。」

俞涼知道南溪是想把酒水買賣做大，心裡感嘆自己追不上媳婦，又驕傲這媳婦是自家的。

「走吧，吃飯去，我肚子好餓。」

「誰叫你早上不吃那顆雞蛋的。」

南溪瞪了他一眼，越過他先進院子。

不過，她嘴上再凶，心裡也是捨不得，一進院子便去灶房把菜端出去。俞涼在一旁拿碗筷，很乖。

今日吃飯就只有三個人，南澤一邊吃飯，一邊偷偷扯旁邊俞涼的袖子。俞涼丈二金剛摸不著頭腦，不明白他唱的是哪齣。

兩人「眉來眼去」好幾次，被南溪抓住訓了一頓才消停。吃完飯，兩人去洗碗，俞涼才找著機會和南澤說悄悄話。

「剛剛一直扯我做什麼？」
南澤神秘兮兮地問他。「你知道明日是什麼日子嗎？」
俞涼搖頭，但很快就反應過來。
「你的生辰還是你姊的生辰？」
「我阿姊的十六歲生辰。你得記著送她禮物，讓她開心，知道嗎？」
俞涼無言。「……」
這還用得著說嘛，他當然會送。
只是真沒想到明日就是小丫頭十六歲的生辰，一時還真不知道該送什麼。
俞涼謝過小軍師後，一直琢磨著該送什麼。結果還沒琢磨出來，自己先收了一個。
「喏，今天和春芽逛街看到順便買的。」
南溪手裡拿的是一條深藍色的髮帶，很常見也很普通，一條大概三、四文錢。
俞涼很開心，對待寶貝一樣放到懷裡，打算等傍晚洗過頭後再用。「小溪，我很喜歡！」
他明日也要送一份更好的生辰禮給她！
經過南澤的「通知」，他們都知道明日是南溪的十六歲生辰，唯有當事人不知道。
因為南溪根本就沒有注意過原身是哪年哪月生，只記得弟弟說她十五歲便記著，她一次也沒查看過戶籍。

第二天早上吃到長壽麵時，南溪整個人都懵了。

盧氏很早就起來揉麵做麵條，現在煮得剛剛好。南溪聞著，心裡便酸酸的。是啊，她以後都會七月過生辰。

「溪丫頭又長了一歲，咱們小澤也快恢復了，這日子真是越來越好了。」

盧氏笑咪咪的，催著一家子吃麵。

南溪收起那點兒惆悵，高高興興將麵吃完了。吃完就有禮物收。

弟弟送她珍藏很久的漂亮貝殼。

盧嬸嬸送她一雙布鞋。草鞋雖然涼快，可遠沒有布鞋穿著舒服，而且這雙鞋很透氣，天熱穿著也不難受。最重要的是，它比草鞋漂亮不知多少。

南溪非常喜歡，當下便穿上走來走去。

穿好鞋子美夠了，她又看向俞涼，想看看他會送什麼禮物。結果這個傢伙只說了句「下午給」，就出去幹活了。

弄得她抓心撓肝般難受。好在今日準備開酒，要忙的事可多了，她很快就忘了。

「阿姊，今日是開橙子酒嗎？我記得橙子酒做了好長時間。」

南溪搖搖頭，橙子酒她還要再放一放，至少要五、六個月才能開。

她今天要開的是芒果酒。

準備乾淨的濾布後，她拿著小錘子輕輕將芒果酒缸上已經乾涸的泥土敲下大半，然後才揭開缸子。

一股濃郁的芒果香氣在小屋子裡飄散，醺醺然還帶著點酒水特有的氣味。

「好香啊！阿姊我能喝一口嗎？」

南溪想了想便點頭同意。果酒而已，小孩子可以少喝一點點。

不過還不知道有沒有成功呢，得濾出來才知道。

酒缸裡還有非常多的芒果塊，這些都要弄出來。這時就得盧氏幫忙了，南澤小胳膊、小腿暫時還幫不了忙。

南溪和盧氏一起，一個盛一個濾，一個時辰才濾完一缸。用濾布濾過的芒果酒都裝到另一個乾淨的酒缸裡。現在看不見是什麼樣子，但剛剛打出來倒進濾布的時候，她看得很清楚。

芒果酒金黃澄亮，很漂亮！

南澤眼巴巴在旁邊看著想喝，南溪自己沒試過哪敢給他，先打出三碗來，自己先嚐了嚐味道。

一入口便是熟悉的刺舌感，接著便是充滿芒果濃香的甜，彷彿喝下一大口芒果汁。

實在痛快！

南溪作為一個姑娘家，很喜歡這種口感。沒有燒酒那麼刺喉嚨，柔軟又細膩，喝完回味無窮，滿嘴香甜。

「阿姊，阿姊，我能喝嗎？」南澤很想喝。

「能，瞧你那樣。」

南溪給弟弟和盧嬸嬸一人舀了半碗，酒色很漂亮，可惜灰撲撲的陶碗呈現不出它的美麗。

看來下回去縣城該買一套漂亮點的酒杯了，這樣賣的時候也好看一些。

「怎麼樣，好喝嗎？」

「好喝、好喝！」南澤很喜歡。

盧氏卻有些猶豫地說道：「確實好喝，只是那些男人應該不太會喜歡。喝酒，那還是男人喝得多。」

南溪明白，這些酒本來也沒打算賣村裡的男人。果酒成本可比燒酒貴多了，村裡人可捨不得買。她是想賣給那些有錢人喝。

「阿姊，我還想喝一點點。」

南澤喜歡吃甜的，芒果又是他的最愛，所以這芒果酒真是格外對他胃口，忍不住就想找姊姊再舀一點。

果酒沒那麼醉人，南溪便又給兩人添了半碗。不過她自己卻沒再喝了，轉頭將濾出來的酒先搬到門口去。

這些果酒還沒秤過，等晚上俞涼回來再秤。他力氣大，幾下就能秤好。明兒再帶些果酒，先到余陶那兒試試水溫。路家那麼多的酒樓食館，賣的也不只有燒酒，若是能打動他……

「汪汪汪！」豆豆在外頭叫。

「南姑娘，我是許大志，能進來嗎？」

昨日談好要買酒的那位來了。南溪連忙應了一聲，出去招呼他。

許大志是推著板車來，板車上還有一個能裝五十斤酒的大酒缸和一捆粗繩，這回是準備齊全了。

「南姑娘，這裡是六百文錢，妳數數？」

六百銅錢的買賣，這可是南家頭一次做這樣大的。南溪數得很認真，確定數量沒錯後便帶著他去倒酒了。

整整五十斤燒酒，賣出去後，家裡的大酒缸便空了一半。許大志有些激動，捆好酒還連連和南溪道謝。

明明你買我賣的事情，弄得南溪好像是做了多大善事一樣。南溪怪不適應的，將他送出門後便回到屋子裡去藏錢。

現在她的小寶箱比剛來的時候多了不少東西。有之前那沒用完的數十兩整銀，還有七、八塊碎銀子和一圈又一圈的銅板。

這些銅板都是她用粗線一枚枚穿起來，一圈有五百個。她打算攢到有五兩或十兩的時候就去錢莊換成銀子。

叮叮噹噹，又有六百銅錢放進去，這些等她晚上有空再來分一分。

南溪滿足地抱著箱子晃了晃才將它鎖上，放到牆上的凹處，然後放上雜物遮擋住。

一出去就聽到豆豆又突然叫起來，院門「吱呀」一聲，原來是表哥羅雲來了。

「表妹！阿爹說今日是妳十六生辰，讓我把這兩條魚還有蝦送過來給妳，妳快找個桶來騰過去。」

羅雲一手提著桶，一手提著袋子，那袋子裡的東西好像還挺大，一直動個不停。

南溪認不出是什麼魚，不過舅舅給她賀生辰的，肯定是好吃的。她連忙去拿了個大木盆出來裝魚。

現在都已經快傍晚了，舅舅和表哥應該是去遠處捕魚，返航路過停一下，馬上就得回去。

南溪不是個只會拿好處的人，她讓弟弟拉住表哥，自己趕緊去找酒罐，倒了五斤燒酒和兩斤芒果酒。

「二表哥，舅舅的燒酒應該早就喝完了吧？這個你帶回去。另外那罐小的，是我剛釀好的芒果酒，比較甜也不容易醉人，舅母也可以喝。」

羅雲連連拒絕，想要離開，衣裳又被表弟死死拽住了。小表弟腿還沒好全呢，他哪裡敢硬拽，最後還是讓表妹把東西塞到了他懷裡。

「表妹，你就會為難我。這些東西拿回去，阿爹肯定又要罵我。」

「沒事，等下表哥你把耳朵捂住就好。」

南澤捂嘴偷笑。

羅雲沒辦法，只好提著酒和桶一起走了。

「哎喲！好大一隻蝦魁！」盧氏驚呼一聲。

姊弟倆回頭便瞧見表哥拿來的袋子鬆掉，裡面好大一個傢伙爬出來。大大的鉗子，像蝦一樣的尾巴。

這就是表哥說的蝦？

姊弟倆都驚呆了，南澤還好，畢竟以前見過。南溪卻從來沒有見過，這回真是開了眼。

「盧嬸嬸，妳剛剛說這東西叫蝦魁？牠真是蝦呀？」

「算是吧，反正很久以前就是這麼叫。聽說肉非常好吃，這東西可不便宜，拿到臨陽一斤可以賣兩百多文呢！」

盧氏只見過幾回，並沒有嚐過，也不知道該怎麼煮。村裡人趕海聽說偶爾也有抓到過的，但大家都捨不得吃，抓到也是賣掉。

所以這個蝦魁的吃法，還真是個謎。

三個人圍著那隻大蝦魁商量了下，選了個最簡單也最不容易出錯的吃法，把牠清蒸，然後準備點蘸料就行。

商量完蝦魁的做法後，三人又去看魚。

羅全這次送兩條鰺魚，很大。一條少說也有五、六斤重，肥嘟嘟的兩條大魚從木桶到了大盆子裡顯然很舒服，這會兒正在悠哉地玩水。

「阿姊，這個是鰺魚，我知道！阿爹以前給我們做過鰺魚丸子，盧嬸嬸妳會做嗎？我有點想吃了……」

南澤想起了阿爹，心裡有些難過。盧氏立刻就說她會，還讓南澤一起幫忙殺魚，小傢伙一聽轉頭就忘了難過，扶著牆就去搬凳子。

看著弟弟和盧嬸嬸一起殺魚高高興興的，南溪鬆了一口氣。要是弟弟真哭起來，她都不知該怎麼哄。

一轉眼她來這兒已經四個多月了，今天居然還過生辰。想了想在沙漠裡的時候，她也過生辰的，不過沒有吃的，也沒有喝的。只有姥姥在沙子上給她畫一些小動物，畫她沒見過的兔子、小魚、螃蟹等等。

那時候沙地上有個畫出來的小動物就很滿足了，現在卻有房有水，有魚有肉，那麼多吃的和疼愛自己的人。

南溪滿足不已。她坐在大門口，一邊擇菜一邊想著俞涼那個傢伙，他到底準備了什麼禮物，為什麼要晚上才給呢？

很快天色漸漸暗了，俞涼今日回來得有些晚，他身上多了個竹筒，裡面不知裝的是什麼。

小院裡充滿香氣，又是肉又是魚，盧氏一共做了六道菜。

俞涼前腳剛進門，差不多就能吃了。但他嫌自己白日裡出了汗，提著水非要先沖洗一番。

盧氏一邊擺筷子，一邊念叨他。「先吃再洗又沒關係，這孩子，以前忙起來幾天都不洗，現在倒講究起來了，一天洗兩回，也不嫌麻煩。」

南溪有些耳熱，幸好天色暗了看不太出來。

俞涼這樣，大概是因為她上次被抱的時候，隨口說了句他身上都是汗，黏人。後來他中午、傍晚回來都要沖洗一下，倒是很乖。
「阿姊，阿姊，那隻蝦魁蒸好了吧？快端出來瞧瞧。」
「好，我去端。」
南溪也挺好奇這個一斤能賣兩百多文的蝦魁是什麼滋味。
「這蝦魁看著醜，蒸出來卻是紅彤彤的，真是漂亮。」
手臂那麼長一隻，放到石桌中間占了不少位置，真是紅得特別顯眼。
南澤拿筷子戳了戳，只覺得那殼堅硬無比，連個坑都戳不出來。
「殼好硬啊，怎麼吃呢？抓起來剝？」
洗完澡出來的俞涼聽到這話，瞥了眼桌上，頓時一愣。
「這是趕海抓到的？」
「不是，是舅舅送給阿姊的生辰禮。大涼哥你會吃嗎？」
俞涼還真會。十歲出頭的時候，他和村子裡的一群小夥伴天天去趕海，有回就抓到這個，不過比眼前這個小很多。當時一群小孩子就想吃個新鮮，就在海灘邊生火給烤了。
當時因為殼太硬，試了好幾次才找著正確的剝殼方法。不過那是野炊，沒刀具才只能用手，現在在家裡哪用得著那麼麻煩。
俞涼提起那隻大蝦魁，拿起剁柴的大砍刀，唰唰幾下便將蝦尾砍成好幾截。

南溪怕盧氏不肯挾，先挾了一塊給她，又挾了一塊給弟弟。然後看了看埋頭吃飯的兩人，笑著也挾了一塊給俞涼。

大家都先吃蝦魁肉，緊實又彈牙的肉質獲得了一致好評，配上盧氏調配的蘸料，味道更加完美。

一頓豐富的美食吃完，天也差不多快全黑了。

南澤拉著盧氏陪他到院門外納涼，俞涼這才將自己準備的生辰禮拿出來。

就是那個小竹筒。

「你是想說，你自己做了個竹筒給我？」

俞涼搖頭，打開竹筒的蓋子，頓時有熒熒綠光閃爍著從裡面飛出來。

一隻，兩隻……好多好多隻！

綠熒熒的光，一閃一閃地飛散在院子裡，漂亮得讓人差點忘了呼吸。

南溪從來沒有見過這樣美的東西。

她已經看呆了。

「大涼哥，你摘的是星星嗎？」

俞涼被她逗笑了。他看得出來，小丫頭很喜歡自己的這個禮物。

「牠們叫螢火蟲，晚上山上很多的，就是白天有些不好找。妳喜歡的話，明天我繼續抓給妳。」

南溪感動到眼淚都要掉下來了。

「大涼哥，這個生辰禮，我特別特別喜歡！」

儘管螢火蟲們一放出來便幾下飛走了，但她還是喜歡不已。南溪偷偷擦了擦眼淚，轉頭看了門口一眼，然後飛快踮腳在俞涼唇上親了一口。親完不等俞涼反應過來，她便跑回了自己房間。

留下俞涼一人在屋中彷彿木雕似的，半天動彈不得。還是外面兩人回來了，他才回過神來。

「大涼哥，你送了什麼生辰禮給我阿姊啊？」

「就是抓一些螢火蟲。」

「啊？螢火蟲？」

南澤大失所望，他還以為是什麼新奇的東西。

螢火蟲這個季節山上到處都是，有什麼好看的。

「大涼哥你送這個，阿姊沒有生氣？」

「怎麼會。」

她還很開心。

俞涼下意識地看著那緊閉的房門，笑著和阿娘說了一聲，便去了山上。

此時，天已經幾乎全黑，羅家父子倆的漁船也靠了岸。

碼頭上燈火通明，許多採買管事都守在這兒，等著新鮮的海貨一上岸便買走。

今日羅家父子倆運氣是真好，網到一群鰷魚，還抓到好幾隻蝦魁，加上其他的魚蝦，只這一趟便賣了近六百個銅板。

辛苦雖辛苦，卻也值了。

羅全拿了十來個銅板，讓兒子去買一點滷味帶回家，正好外甥女又給了酒，配著一起喝。

父子倆清理好船又鎖好後，提著一點剩下的魚蝦和酒罐子回到家。

「阿娘！我們回來啦！肚子好餓，飯好了嗎？」

「剛剛做好，去洗把臉再來吃。」

江雲將做好的菜端到桌上，一眼就瞄到兩個一大一小的酒罐。不用問，便知道是南溪那丫頭送的。

自從南溪開始賣酒後，她便一直送酒給丈夫，總是十斤又十斤，不收還不行。

不得不說這個酒，讓江雲多年積攢的那點怨氣都沒了。丈夫這些年幫扶，倒也沒白幫，是個知恩圖報的孩子。

而且現在家裡收入變多，稍微寬裕了些，她心裡壓力沒那麼大了，性子也柔和很多。

「當家的，下個月老大成親，你去把南溪姊弟倆也接來喝杯喜酒？」

「正想和妳說呢！」

羅全心情不錯，先將今日賣得的錢交給妻子，又拿碗倒酒出來。

「小溪姊弟倆要接過來，另外咱家的喜酒，我也想在她那兒買。」

江雲沒有意見，反正都是要買酒，肥水不落外人田嘛！而且丈夫和兒子都說南溪釀的酒比外面賣的還好喝，自然要買更好的。

「咦，這回怎麼送了兩罐酒給你？」

羅全還沒來得及解釋，羅雲便搶先說了。

「阿娘，這是表妹送給妳的。她說是果酒，不醉人還挺甜。妳快打開，咱們一起看看。」

「送我的？」

江雲著實意外，不過心裡又莫名愉悅。她轉身去灶房拿了個空碗來，小心翼翼地揭開酒封，然後倒出一碗。

昏黃的燭光下，碗裡的酒水也十分漂亮。

「好濃的芒果香……」

老大和老二直嚥口水，他們吃過表妹送過的芒果，那是最好吃的芒果，外面賣的根本不能比。

江雲只喝了一口便喜歡上了，兩個兒子又纏著她倒了一碗，最後連羅全也湊上來要了一些。

一頓飽飯過後，燒酒沒怎麼少，芒果酒卻是少了小半罐。江雲心疼地將酒封起來，以後說什麼也不給兒子喝了。灌水似的，真是牛嚼牡丹。

羅江滿足地打了個酒嗝，爬起來去洗碗，一邊洗一邊琢磨著腦袋裡冒出的那個念頭。晚上睡覺時，實在憋不住了，他便跑到弟弟的房間去找他說話。

「老二，你說我要是辭工不幹，租個鋪面賣酒，你覺得怎麼樣？」

本來已經昏昏欲睡的羅雲一聽這話，瞬間被嚇清醒了。

「大哥，你敢辭工？阿娘還不把你腿打斷。」

「你話能不能聽全，我辭工是打算賣酒，又不是在家閒著。」

羅江毫不客氣地把弟弟擠到床裡頭，自己也躺上去。

「你也知道，我那師父一直想把他女兒嫁給我，自從我和阿珠定了婚事，他便態度大變，最近總讓我幹小工的活兒，累死累活還沒什麼錢。而且瞧他那樣，估計以後也不會教什麼手藝給我了。所以，我才想辭工不幹的。」

「啊……李師傅還沒放棄呢？」羅雲嘖嘖幾聲，調笑道：「我見過他女兒，長得雖然沒有阿珠姊好看，但聲音挺好聽的，性子好像也沒什麼問題。大哥你怎麼不將就將就娶了？」

「你懂個屁，那都是做給外人看的。你知道她在作坊裡是怎麼使喚小工們的，當下人一樣。人家心氣高，一心想嫁個有錢人做少奶奶。平時打我們身邊過，都要嫌棄地捂鼻子，彷彿我們是從茅坑裡出來的一樣。」

想起這個，羅江相當生氣，他正是年輕氣盛，卻因為師父的關係硬生生忍著氣。一直到這兩年那丫頭沒嫁出去，年紀越發大了不愛出門才好些。

只是萬萬沒想到，師父嫁不出去女兒，便把主意打到他的身上。尤其是阿爹換船後，他便從暗示變成明示。好在阿珠她娘總算鬆口了，不然自己這回真是要頭疼死。

「大哥，你說誇張了吧，哪有那麼矯情的姑娘。」

羅江在黑暗中默默翻了個白眼。

「要不然我去和師父提一提，讓你娶他女兒？」

「別別別，我才不喜歡那種嬌滴滴的姑娘。大哥你要真想辭，趁早吧。我覺得你這想法不錯，表妹做的酒，味道是真好，而且我聽她說，她還有做一缸橙子酒也快出了。海島上水果上千種呢，她會做的酒種肯定很多。」

「我也是這樣想的。」

得了弟弟的支持，羅江信心倍增。其實從剛開始喝過表妹做的燒酒，他便起了這個念頭。今天喝到那芒果酒，才真正讓他下定決心。

於是第二天一早，羅江便把自己的想法和爹娘說了。

出乎他意料的是爹娘並沒有強烈反對。

「你師父那邊確實不好再做了，辭就辭吧。回來好好操辦你的婚事，等成完親，你是租鋪子單幹還是賣酒到時候再說。等你成親的時候我會把你表妹接來，到時候也好問問她。」

羅江喜出望外，吃完早飯便跑去辭工了。

第二十二章

南溪還不知道表哥已經盯上自家的酒，這會兒她正帶著兩斤果酒爬上山。她兩手空空，酒都提在俞涼手上。也就兩斤重，他都不願意讓自己拿。被照顧的感覺是真不賴，南溪都有些想快點成親，光明正大和他走在一起了。

「好啦，你快去忙吧！就這山頂的一點路，我自己走。」

俞涼點點頭，將酒罐還給她，臨走又叮囑道：「下山仔細著些，別摔著。」

「知道啦。」

「一會兒……」俞涼說了幾個字又頓住，彷彿有些不好意思。

南溪笑出聲來，伸手勾住他的食指，小聲道：「一會兒我事情談完了，下山的時候會去看你的。」

俞涼心滿意足地轉頭走了。

南溪也提著酒罐到了山頂。

路家財大氣粗，短短兩、三個月，酒樓便蓋得差不多了，不光蓋了酒樓，還有漂亮的小院子，都面朝著大海。

余陶現在就暫住在最邊上的小院子裡。

「喲，溪丫頭，這麼早上來找我有事？」

「確實有事，余叔叔現在有空嗎？」

本來是沒空，不過要處理的事也不是很急。余陶對南溪還是頗友善，便招呼著她進院子坐下。

南溪也不拐彎抹角，直說她是上來送酒的。

「送酒？什麼酒？」

余陶做管事多年，進出酒樓不知多少回，多貴的酒都喝過。他有些意外，但沒什麼期待。

南溪向他拿了個乾淨的碗來，也是她走運，余陶拿來的居然是一個青瓷碗。

橙黃的酒液一入碗中，余陶便忍不住坐直身子。

好濃的芒果香，卻微微有些不同於普通的香氣。看來這是用芒果做的酒。

余陶面上不動聲色，其實心裡早就想伸手去端過來嚐一口了。

「余叔叔，這是我用自家芒果釀的酒，你嚐嚐？」

南溪既期待，又緊張。

能不能從余陶這裡打開果酒的銷路，就看他這一口了。

余陶端起來又深吸了一口芒果香氣，然後才試探著喝了一口。

味道大大出乎他的意料。

口感醇厚，果香濃郁，這酒若是送給府上的夫人小姐，絕對很受歡迎！

余陶想起自己早些年隨東家去赴一位西域富商的宴席，桌上也有一樣的果酒，聽說是用葡萄釀製而成，就那麼一小壺便要賣好幾兩銀子。

眼前這芒果酒，色澤不比它差，味道也不比它差，好東西啊……

「溪丫頭，我聽說妳自己釀了燒酒在賣？」

南溪點點頭，重新將酒罐封上。

「妳還會釀酒？啥時候學的？怎麼以前沒見你們家賣過？」

余陶倒不是懷疑什麼，就是隨口一問。

南溪認真地解釋了一遍。「我阿娘祖上就是釀酒的，只是後來落魄了，沒有人能把獨門酒麴做出來，才沒有再釀酒。我現在勉強在釀酒一事上有幾分天賦，想著能賺點小錢，貼補家用。余叔叔，這酒如何？」

方才余陶眼裡的驚喜，她可沒瞧錯。

「余叔叔覺得這酒應該賣多少錢一斤才合適呢？」

「我覺得……」

余陶覺得這個酒罐太醜了。像這樣酒色漂亮的美酒就應該裝在精緻的瓷瓶中，一瓶一瓶地賣。

還有一個月左右便是中秋團圓日，裝飾好給東家拿出去送禮，絕對讓人倍有面子。

他甚至都已經想好了如何寫信給東家。

「余叔叔？」

「哦哦！瞧我都走神了。溪丫頭，妳就別賣關子了，妳直接告訴我這芒果酒一斤多少錢，我買。」

身為路家管事，余陶可以在沒有東家批准的情況下動用五十兩以下的銀子，他打算先買上一些送到南黎府去給東家嚐嚐。

南溪摸著酒罐，心裡的酒價隨著余陶的臉色直線攀升。

原本她心裡定價是五十文一斤，畢竟芒果在這海島上並沒有多貴。而且這價錢比燒酒已經貴了很多。但她現在瞧著余陶有些稀罕的樣子，立刻大膽地將價錢往上升了不少。

「兩百文一斤！」

這個價錢說出來，余陶連眉毛都沒動一下。小姑娘還是太嫩了些，喊價就得喊個高價再由對方來壓才是。這樣才能大概知道對方的心理價位。

兩百文，余陶連講價的心思都沒有。

「丫頭，妳家裡有多少斤？先給我二十斤。」

南溪聽到這句話，頓時心跳如擂鼓。他竟然不講價，直接就要二十斤芒果酒！也就是說，酒給他後，自己能拿到四兩銀子！

酒水的買賣竟然這般掙錢……

「余叔叔，我現在就回家把酒揹來給你！」

「不用、不用！」余陶攔住她，讓她先坐。「不用揹到山上來，一會兒我把銀子給妳，再派個人跟妳下山取酒。這酒啊，我是要送到南黎府的。」

說完，余陶便進了屋裡寫完信，一刻鐘後才拿著信和銀子出來。

南溪恍恍惚惚地將銀子揣到懷裡，聽著余陶交代夥計將酒送到路府總管事手裡，還聽到他說，一定要將芒果酒換成精緻的瓷瓶再送上去，頓時有些訕訕。

自家的陶罐確實不怎麼好看。

很快地，南溪帶著人下山了，因為要忙正事也沒來得及繞路去看俞涼，中午還哄了好一陣。

這時候余陶派的人也將酒水送到南黎府路家。

聽到門房傳話說是余陶派人送的東西，總管事立刻讓下人把人帶進府中。

一封信，一大罐子酒水。

「總管事，余管事說這酒水送給東家品嚐前，一定要換套好看的瓷器，否則便糟蹋了。」

糟蹋？

這詞有些莫名其妙，總管事揭開酒封一看，黑乎乎的也看不出什麼，只是聞著確實很香。

余陶辦事一向靠譜，要不然東家也不會派他去監督東興村那邊的酒樓。因此總管事還是順了他心意，讓人取了一套青白瓷的酒器，特地倒出一瓶，準備和信一起拿去給東家。

他這才發現，酒水的色澤很漂亮，難怪余陶說要換成瓷器裝。

總管事聞著酒香有點饞，可惜這些還輪不到他喝。他拿著信，端著酒，直接去了東家的書房。

這會兒，路長明剛剛午睡起來，心情很不錯。拆開余陶的信一看，頓時有些好奇，那可以與葡萄酒媲美的芒果酒。

「倒一杯來嚐嚐。」

總管事上前一步將托盤放到桌上，拿起瓷瓶小心地倒出一杯。

青白色的瓷杯將橙黃的酒色襯著都有些變金了，亮眼奪目。

平時路長明喝的酒都是無色居多，還真是頭一次見到這樣的酒色。端起來更是果香撲鼻，讓人稀奇。

現在已是七月末，已經沒有芒果了，沒想到還能在這酒裡嚐到芒果的味道。

「酒味略淡，但果香已然能彌補，確實不輸那葡萄酒。余陶說他送了二十斤來，你一會兒送點給夫人小姐們嚐嚐。對了，少爺那兒也送一瓶，讓他嚐個鮮。」

總管事應了一聲，立刻轉身出門去辦事。

路長明一個人悠悠品著酒，喝了大半瓶才開始提筆回信。

這封信第二天一早便送到山上。

余陶打開一瞧，頓時感嘆一聲。「南家要走運嘍……」

東家命他買下所有芒果酒，還讓他找釀酒的老闆將契約談下來，最好每個月都有供酒。路家名下酒樓很多，再多也吃得下。

余陶小心將信紙收好，立刻拿上銀子帶人下山。這件事要是能辦好，他也算沒白喝南家丫頭送的酒水了。

五、六人一起下了山，直直朝著南家走去。

這會兒南溪剛洗完衣裳，瞧見余陶帶著人來，頓時猜到了他的來意，眼睛都亮了。

「余叔叔！可是來買酒的？」

「自然，不過先不急，我有事與妳說。」

余陶想先把契約談下來，結果才剛開口，就看到對面丫頭尷尬地笑了。

「路家想和我簽約那真是好事，可芒果的果期已經過了，我家裡僅剩下最後的一百四十來斤，想要新的芒果酒只能明年再做。」

「啊？就剩一百多斤？」

這……還不夠路家酒樓賣上一日。

「這也沒辦法呀！先前我家是什麼情況，余叔叔你也知道。這酒還是用自家芒果做的。而且我家地方小，做太多出來也放不下。」

余陶有些失望，但酒還是要買。

「那就把剩下的一百四十多斤秤了賣我，等明年我再來。」

聽到不簽約，他還要買芒果酒的話，南溪心頭一鬆，喜悅壓抑不住地冒了出來。她連忙拿出家裡的秤，讓那幾個夥計幫忙一起把小屋裡的酒缸抬出來。

路過那缸橙子酒時，她猶豫了下。其實橙子酒早兩個月就能開了，只是為了讓味道更好，才一直沒開封。要不現在拆了給余陶嚐一嚐？說不定橙子酒也能一下賣光呢。

南溪手伸出去，又縮回來。

算了，說好六個月便六個月，要賣就要賣最好的。等橙子酒好了，再拿去給余陶嚐一嚐。那時候山上的酒樓該開張了，正好就地能賣。

想明白她便不糾結了，歡歡喜喜地出去看著夥計們抬缸秤酒。

最後秤出來有一百四十六斤，南溪賣了個整數一百四十斤，自己留下六斤，另外贈送酒缸。

余陶乾脆俐落地付給她二十八兩銀子，然後抬著酒離開了。

看著空蕩蕩的大門，南溪轉頭讓弟弟掐自己一把。

南澤眼淚汪汪道：「阿姊，妳不用掐了，我剛剛掐了自己一把，好疼。」

「呆子弟弟。」

姊弟倆都感覺像是在作夢一樣，今天賣的加上昨日的四兩，芒果酒一共賣了三十二兩銀子。

這麼多錢，村裡普通村民要攢好久呢！

可惜，芒果就兩、三個月的果期，過了就沒法子再做了。

南溪想著明年得多收些芒果回來才是，只是一回頭看到自家這幾間屋子，又覺得地方太小，不夠放。

現在小屋子裡放著三大缸燒酒，兩大缸橙子酒，還有一缸糯米酒，另外還有三缸正在發酵的蜀黍。屋子裡已經滿滿當當的，再放兩、三個缸，就沒法進出了。

想要做大，家裡這地方肯定不行。

南溪一時有些後悔，沒在海禁解封傳開前，在村裡多買幾塊地。現在蓋個酒坊，光買地就要花好多好多錢。

她有些拿不定主意，詢問弟弟，弟弟只說聽她的。問盧嬸嬸吧，盧嬸嬸也說聽她自己的意思。

最後她只能趁著中午俞淙回來的時候問他。

「你覺得呢？」

「我覺得，妳手裡要是現在寬裕的話，買！」

俞淙一點也不介意和她討論這種銀錢敏感的問題。

「現在碼頭已經建好了大半，周邊的地也都在清理準備蓋房子了，山上有路家的酒樓和院子，山下也有兩家。咱們東興村肯定會越來越熱鬧。地買下來，總之不會虧。」

南溪原本就偏向買地，現在被他這樣一說，念頭就更加堅定了。

以前村裡的地便宜，幾兩便能買一塊，現在不太好說。不過她家底也不弱，在村子裡買塊不肥的地，應該可以。

於是下午她興致勃勃地去找里正。

里正聽完她的來意，倒沒拒絕她買地的要求，只是笑咪咪地告訴她。

「妳的銀子，不夠。」

里正最近春風得意，心情自然也不錯。他喝了不少南溪送的酒，所以對她態度還是很溫和。

「溪丫頭，妳也知曉咱們東興的碼頭就快建好了，等正式一開放，那得多熱鬧。村裡最近到處都在動工。那地啊，自然也就十分金貴了。」

這話確實不假但還是有點水分，他一個里正真想便宜一些，還是能作主的。

南溪點點頭表示理解。她看出來了，自己想在村裡買塊地，估摸著還要借錢，或者提前將橙子酒賣掉。

里正未必不能賣，只是自己和他沒到那個交情。

「既然這樣，那我只能去隔壁村買了。隔壁村雖然也漲價，但肯定不會漲太多。」

「嗯？隔壁村買？這怎麼行？」

「怎麼不行呢，反正我只是拿來做酒坊，又不是一直住那兒，多走兩刻鐘而已，並不礙事。」

南溪起身告辭，沒有絲毫拖泥帶水。里正見她是當真想去隔壁買地，心裡自然極不願意，忙又將她叫回來。

「咱們村地貴是貴，外人買和村裡人買肯定不會是一個價錢。溪丫頭，妳先別急，我還有話要問妳。」

一聽有戲，南溪又乖乖地坐了回去。

「妳那酒坊若是蓋起來，得雇幫手吧？」

南溪詫異地抬頭，沒想到里正問的居然是這個。

她要雇人嗎？應該是要的。

現在家裡暫時只做燒酒，平時還有盧嬸嬸和俞涼幫忙，她都累得腰痠背痛，更別提擴大建酒坊後，她肯定是忙不過來。

不過她想的是讓俞涼回來幫她，俞涼一個頂兩個，或許就不用雇人了。可聽里正這意思，像是有人要塞給她？

「里正爺爺，您有話不妨直說？」

「咳……」

里正端正神色，問起南溪有沒有聽過村裡一個叫「小牛」的孩子。

「聽過……」

雖然南溪對村裡的孩子不了解，但弟弟很熟，村裡很多事都是他告訴自己的。有時候盧嬸嬸會說幾句，她便也知道大概。

村裡漁民靠海吃飯，家裡有船的人家，幾乎天天都在海上漂著。小牛的爹娘也不例外，只是天有不測風雲，不知出了什麼意外，他家的船沈了，最後附近的漁民把他娘的屍首送回來。

他爹沒死，但和死了也差不多。

小牛阿娘剛死沒半年，他就又娶了一個，還很快有了小兒子。那後娘是個不太容人的性子，對小牛和他妹妹自然是哪兒都看不順眼，明裡暗裡折磨得厲害。當爹的又不管，有時候甚至還幫著後娘一起打人。

兄妹倆好可憐啊。

作為里正又是村長，他有責任維護村裡的和諧。可是清官難斷家務事，老子打兒子都是天經地義的，他就算叮囑了又怎麼樣，人家也是不痛不癢，照打不誤。

前天見著兩個娃，身上又添了新傷，大的死氣沈沈，小的更是連話都不會說了。眼見著村裡其他人日子越過越好，里正心裡還真不是滋味。

年紀大了，越來越見不得這些。

「我想著妳那酒坊左右是要雇人的，不如就雇了小牛兄妹倆。小牛十二歲，能幹的活很多，也能吃苦。他妹妹七歲，雖然小了些，但燒火打水也都很俐落。妳要是答應呢，我便作主以七十兩，將山腳下紫薇樹附近的那塊地劃給妳；若是不願意，那便算了，妳儘管去隔壁買地。」

山腳下紫薇樹附近那可真是好地。不是說能種糧食的那種好，而是對建酒坊來說，非常好。

位置偏僻又近水源，她心裡的位置就有這一片。

南溪沒有一口應下，說她要回去考慮。里正也不催她，讓她回去慢慢想。

回去的路上，南溪便開始琢磨了。

要說那兄妹倆可憐嗎？可憐，她也很同情。

但里正也說了，兄妹倆現在的爹娘可是麻煩，招了兩人做工，以後就免不得要和他們牽扯。而且，兩個孩子太小了，招去也不能幹太重的活，不然自己良心也過不去。

她心裡有桿秤，一邊是便宜、位置又佳的地，一邊是沈甸甸的麻煩。

拿不定主意的她，乾脆和村裡一個阿婆問了位置，想先去看看那家人，見過小牛本人再說。

還沒走到地方，遠遠地便聽見一陣咒罵聲。污言穢語，讓人聽著便泛噁心。

「造孽喲……」

幾個大娘嬸嬸雖然感嘆，卻沒一個上前勸架。主要是勸也勸過，拉也拉過，只是沒用。倒是自己惹上一頓罵，孩子還會被打得更重，所以漸漸地也就沒人敢去管了。

南溪站在院牆外，聽著裡頭男人的罵聲，還有一陣陣枝條抽在人身上的聲音，心裡沈甸甸的。

她沒有聽到孩子的哭聲，只有一個小娃的笑聲。

知道是一回事，親耳聽到又是一回事。她一個大人聽了這些話都會難受，更何況是兩個小孩子。天天生活在這樣的環境裡，想一想就感覺窒息。

她心裡有了決定，上前兩步正要拍門，突然聽見一道尖利的小姑娘聲音叫了聲「哥哥」。

南溪也不拍門了，直接推開門闖進去。

院子很小，一眼就能看清全部情形。灶房門口坐著一個婦人，穿著整潔抱著個小胖子。院子裡一個大漢手裡拿著藤條，滿臉凶相。地上倒著一個孩子，像是被什麼東西砸的，額頭見了血，旁邊一個瘦弱的小姑娘正哭著幫他擦。

這個場面有些熟悉，曾經在沙漠裡多少主人是這樣抽打奴隸的呢？

南溪心裡沈甸甸地幾乎要喘不上氣來。

「誰家的丫頭，出去！」

「大叔，我來是有事找你。」

南溪儘量讓自己的聲音聽起來不帶情緒，她找了張凳子坐下，說到自己剛剛從里正那兒出來。

「我叫南溪，大叔應該知道我家現在是做酒水買賣。」

李大牛當然知道，他自己也買了不少南家的燒酒喝。因為這一層，他的態度稍微好了一點，也僅僅是一點。

「妳一個賣酒的找我做啥？」

「是這樣，方才我到里正那兒買了一塊地，準備建個小酒坊。可是酒坊人手不夠得招人，里正爺爺便推薦我來這兒。他說有個叫小牛的孩子，勤快又能吃苦，所以我想來看看小牛，是不是里正爺爺說的那般。」

一聽是要雇人的，李大牛兩口子的眼睛都亮了。

有錢誰不想掙？尤其是那後娘白氏，早就看兄妹倆不順眼了，天天吃白食。

「南溪啊，妳那酒坊雇人的話，一個月多少錢？」

看著兩口子精光閃爍的雙眼，南溪飛快地算了算，答道：「一個月一百文左右吧，太貴了我請不起，所以里正爺爺才推薦小牛。不過我可以包一頓飯食。」

一百文，一個成年人肯定太少了。但小牛才十二歲，平時山上的重活，也不會有人雇他，輕鬆的活兒也會被婦人們搶去。小牛頂多在趕海的時候抓海物賺錢，一個月怎麼樣也沒有百文。何況南家還包一頓飯食。

就算現在小牛一天吃不到多少，她也一粒米都不想給小牛吃。

白氏心動了，走過去戳了戳丈夫。

李大牛比她更願意，一個月家裡能多一百文，還可以讓兒子在酒坊裡時不時拿酒喝，簡直太划算了。

「大叔，你能把小牛叫來我看看嗎？」

夫妻倆興奮完，一聽這話又尷尬了，下意識地看著倒地還在流血的小牛。

南溪也看過去，瞬間眉頭皺成一團。

「天啊，他就是小牛？這麼瘦還這麼髒，里正爺爺怎麼騙我啊！」

說完，南溪便嫌棄地要走。

白氏哪裡肯放過這樣好的機會，連忙上前將她攔下。「哎呀，村裡的小孩子在家幹活哪個不髒嘛。一會兒洗洗就好了。而且妳別看他瘦小，幹活很有力氣。」

李大牛也順著白氏的話將小牛一頓誇讚，南溪「勉為其難」地點頭同意雇用小牛了。

「這樣吧，一會兒大叔你和我到里正那兒按個契約，然後就讓小牛到我家做工。每月工錢，我直接給你。」

聽到每月工錢直接給他，李大牛滿意極了，被白氏提醒了下才問道：「按什麼契？」

「當然是長工契了，先雇到十五歲。十五歲後若還是繼續做，便漲工錢重新簽約。畢竟我這是長久的買賣，若是做些時日便跑了，我一時上哪兒找人，這不耽誤事嗎？」

她說得有理，兩口子又被那一百文錢吊著，痛快答應了。

南溪看了眼地上的兄妹倆，彷彿有些後悔，然後才嫌棄道：「我那酒坊裡要保持乾淨，明日他上工的時候可不能髒成這樣，好歹穿一身乾淨的衣裳。還有啊，他要幹活，你可別把人打壞了。我要讓他幹的都是重活，搬缸子、倒酒水，這手一鬆腿一軟，到時候碎了酒缸灑了酒，我可是要找你賠的。」

李大牛一口應了，只要這小子不在自己眼前晃著，還能賺錢，誰搭理他。

「那咱們現在就去里正那兒？」

南溪搖搖頭道：「等會兒吧，我還要去找個燒火的。一會兒找到人，咱們再一起去。」

「啊？燒火還要找人？」

「當然，蒸糧釀酒，灶前一坐就是大半日呢！我是受不得熱的，也捨不得弟弟去做。家裡盧嬸嬸又是個眼睛不好的，當然要再找一個了。」

白氏一聽，立刻興奮道：「這可真是巧了！南溪，我瞧著妳也別再去另外找了，就帶我們家這丫頭去。她燒火做飯什麼都會！」

南溪一臉嫌棄。「才這麼大一點兒，能吃苦嗎？以後忙起來，可能在灶前坐一整天呢！」

「當然可以！不信妳出去打聽打聽，我家二丫頭出了名的勤快能吃苦。」白氏拍著胸脯保證。

南溪猶豫了好了一會兒才點了頭。「可以是可以，但她太小了，幹的活兒也不重。一個月只有五十文。」

「沒問題、沒問題，咱們去里正那兒吧！」

李大牛高高興興地出了門。

里正怎麼也沒想到，半個時辰前才說要考慮考慮的人，現在就把李大牛帶回來了。

不過這是好事，他很快拿出筆墨準備給兩人寫契約。

南溪突然開口要求道：「里正爺爺，這裡改一下。契約中途若是毀約，須得賠付我五十兩銀子。」

「什麼？五十兩！」

李大牛一聽就炸了，五十兩聽著就很恐怖。為了一個月一百文，他有些動搖。

「李大叔，我那酒坊沒幾個人，小牛去幹活，肯定會接觸很多釀酒的技巧，萬一他學會了中途跑掉，也在村裡開一家跟我打對臺，那我可虧大了。你要是不願意，也不用簽，反正村裡還有別的娃。」

南溪一副不在乎的神態，李大牛想一想還是簽了。自家兩娃都跟著她做事，一個月家裡可以多進項一百五十文錢呢！而且中午還不用管飯，省了好些糧食。

最重要的是，他可以讓兒子偷偷學釀酒，等滿了十五歲就出來單幹，自家也能開間酒鋪子！

想通了的李大牛痛痛快快地摁了手印。

等他走後，里正才舒心地笑了笑。「溪丫頭，走吧，我帶人跟妳去量地。」

里正不是個拖沓的人，小牛兄妹倆暫時有了著落，他也會兌現自己的承諾，將山腳下的地賣給南溪。

七十兩銀子，其實還是挺大一筆錢。

南溪折騰了半天，連酒攤都沒有出，下午總算拿到將來小酒坊的地契。

這塊地稍微比自家的房子大一點點，地形有些窄長。做住宅的話會沒有院子，但建酒坊就正好了。她特地找里正買了幾張紙回家打草稿，準備先試著把酒坊的大概樣子畫出來。

可惜腦子想得再好，畫出來根本不是那麼回事。拿出去給一家子看，誰也看不出來究竟是個什麼意思。

南溪頓時洩氣。

算了，還是到時候一邊看一邊改吧。

俞涼見她吃飯也吃得心不在焉的，洗碗時便準備問她，只是還沒開口，他就被南溪的話轉移心神。

「大涼哥，山腳下那塊地，我已經買下來了。現在手裡剩下的錢也足夠把屋子蓋起來。

所以我想盡快動工。」

「嗯？」

「所以你得幫我呀！」

南溪在他旁邊，朝他眨眨眼，滿是信賴。

「雖然我大概知道村裡哪些人是蓋屋子的好手，可一群大男人蓋屋子，我也不好經常過去。所以得靠你幫我盯著些，山上的活兒就不要幹了，我給你工錢。」

這件事南溪想了很長時間，蓋屋子肯定要有可靠的人看著，俞涼是不二人選。而且，山上的活兒真的很累。前陣子在搭果架，他身上的皮都曬破了，看著就讓人心疼。

沒成婚前，銀錢是要分開，但讓他為自己幹活，光明正大地發工錢，沒什麼不可以。

南溪眼巴巴看著俞涼，彷彿他是自己唯一能信任的人。

俞涼到嘴邊拒絕的話怎麼也說不出口，最後還是應了。

酒坊是眼下最重要的，她還小，自己當然該幫她。

「好，不過要等三日。」

他總要把手上那份工做完，果園豐收採摘完後，園主一般都會多發些工錢，十幾文也是錢，他得拿了再走。

「沒事，那片地還沒清理出來，三日後正好差不多。」

南溪心願達成，開心地在水裡拉了拉他的手，轉頭又把自己雇了小牛兄妹的事說給他聽。

「我本來想好好考慮，結果真去了小牛家，看到他那樣子實在忍不住，然後就把人雇了。」

「妳就這麼一個人去了李家？」

俞涼皺著眉，想把她抓起來打手板。李大牛脾氣出了名的暴躁，她就這麼去了，還是在怒火旺盛打人的時候。

「以後不要再到他家去了，有什麼事，妳等我回來告訴我，讓我去。李大牛脾氣不好，他媳婦也不是什麼講理的人，妳會吃虧的。」

聽著他的叮囑，南溪心裡喜孜孜的。不過她哪有那麼好欺負。今天只不過是稍稍演了下，兩口子便被她帶著走，生怕她不要兄妹倆，反倒求著她雇人呢。

這回摁了契約，想來李大牛回去不會再打那兄妹倆了。

南溪嘆了一聲，原本是想看看那孩子，瞧瞧心性再說。結果一衝動，現在也不能說不要了。

希望是個懂事勤快的人吧！

不過自己剛剛在李家，對兄妹倆表示很嫌棄，小牛會不會討厭自己？

第二十三章

「哥哥，她是好人嗎？」

「嗯，她肯定是好人。明日去幹活的時候要乖乖聽她的話。」

小牛雖然才十二歲，但他已經懂很多事情。他很清楚自己的阿爹和後娘是什麼德行，若是南溪一來，表現得心疼自己和妹妹，那兩口子絕對會坐地起價，不肯放人。

今日這樣就很好，以後他和妹妹白日裡就不用在家了。

「幹什麼呢！以為當了長工，在家就能不幹活了？家裡可不養閒人。去去去，把衣裳都洗了，明兒要是再這樣髒兮兮的，弄得南家不要你們，別怪老子的藤條不長眼睛！」

李大牛在院子裡罵了一通，倒真顧忌著南溪的話，沒有動手打人。

兄妹倆鬆了一口氣，趕緊收拾院子，洗衣裳。

天很熱，風又大，衣裳也薄，洗完沒一會兒，衣裳就能乾了。

第二天一早，小牛兄妹倆便穿著滿是補丁的乾淨衣裳，餓著肚子到了南家。

這會兒，南家還沒吃早飯，因為俞涼還沒回來。

兄妹倆被南溪叫進去的時候很是無措，擔心被誤會他們這個時候來是趕著飯點。

「早飯肯定沒吃吧？」

南溪今天特地讓盧嬸嬸蒸了雜糧窩頭，糙是糙了點兒，但小孩子心裡會容易接受些。換成大白饅頭，他們肯定不要。

「小牛，這是我家昨晚剩的兩個雜糧窩頭，你們自己拿個碗弄點水配著吃。一會兒要帶你們去幹活，不吃東西哪有力氣。」

小牛有些窘迫，他不想收那兩個窩頭，可剛想開口就聽到妹妹肚子咕嚕叫的聲音。餓肚子的感覺很難受，妹妹已經很久沒吃過飽飯了。這兩個窩頭，他拒絕不了。

「謝謝東家。」

南溪一愣，忙拒絕道：「可別這麼叫我，叫我南溪姊就行。」

她把窩頭給了兄妹倆，又給了碗。見他們乖乖地吃起來也就不管了。

一家子吃完早飯便開始各忙各的。

俞涼仍舊回山上幹活。盧氏和南澤看家，順便賣酒。南溪則是帶著兄妹倆去新買的那塊地幹活。

新買的那塊地，石塊很多，雜草也很多，都需要清理。三個人一起，一天大概就能清理乾淨了。

二丫很興奮，她很少有這樣的機會可以走這麼遠，也沒有人罵她打她，所以一時忘情跑得比較快，走在前面。
小牛想叫妹妹慢一些，但南溪不在意，正好她有話跟小牛說。
「其實昨天我和你阿爹說工錢的時候沒有說實話，你一個月有兩百文，我給你阿爹一百，另外一百，你自己存起來。」
她可不想占一個孩子的便宜。
現在先做看看，要是小牛品性禁得起考驗，她再漲工錢就是。
「你最好誰也別說，包括你妹妹。」
小牛呼吸急促，連連點頭。
「南溪姊，謝謝妳！」
他太明白這一百文錢意味著什麼了。
「不用謝我，你心裡記著里正爺爺的好就行。是他向我推薦你們，因為我答應雇你們兄妹倆，他才答應便宜將地賣給我。」
說起來便宜了十幾兩銀子呢，拿來給兄妹倆發工錢，都能發好幾年。
南溪是真覺得自己沒做什麼，兄妹倆該去謝里正爺爺。
「對了，發的工錢最好不要放在家裡。不然被你阿爹發現，肯定要找我鬧的。」
小牛重重點頭，他其實自己有在偷偷存錢，只是太少了，只有十幾文，都被他藏在一個樹洞裡。偶爾實在餓得受不了，才會拿出來去找鄰居嬸嬸換點吃的。

今天是他這幾年來頭一次早上吃飽肚子，小牛心裡感激里正爺爺，也很謝謝南溪。有她給自己的一百文，生活都有希望了。

「啊！哥哥！哥哥有蛇！」

前面二丫一聲驚叫，小牛立刻衝過去。南溪也嚇了一跳，趕緊追上。

說來慚愧，她都這麼大了，居然還沒有一個十二歲的娃跑得快。等她追上人的時候，地上的蛇已經被小牛砸死了。

「南溪姊，這蛇沒毒的。」小牛提起來一甩。

南溪頓時頭皮發麻，一邊下意識地恐懼，一邊又暗自慶幸。

幸好自己雇了小牛這個不怕蛇的，不然她自己一個人來，肯定要被嚇暈過去。

不知道後面的草叢還有沒有蛇……

一想到這兒，南溪鎮定不起來了。

小牛抓著蛇，看出南溪很害怕的樣子，轉頭就找了根棍子，自己走在前頭敲敲打打幫忙開路。三個人總算有驚無險地到了目的地。

昨日里正帶人來量過，地上很明顯被畫了線，酒坊只能蓋在線內的位置。

「好啦，咱們今天的任務就是把這圈起來的地清理乾淨。小牛負責把石塊搬到那邊去，二丫負責拔草，能行吧？」

「沒問題！」

兄妹倆吃飽飯，幹活自然勁頭滿滿。

南溪和小牛一起搬石頭，結果頂著越來越曬的太陽，一個時辰她就累得不行了。

「走走走，咱們去喝口水，到樹下歇息歇息。」

兩個娃的臉曬得紅撲撲的，也是汗水直流。聽到南溪叫，兩人都沒動，只說還不累可以再做會兒。

南溪才不管那麼多，直接拉著兩個娃去溪邊。

這裡位置是真的好，走到溪邊才十幾步路。洗一把臉再喝兩口水，溪水清冽又冰爽，渾身躁熱頓時消了大半。

洗完後，南溪又拉著兩個娃去樹下坐著休息。她一個大人這會兒都手軟腰痠的，兩個小孩怎麼可能不累。

「這塊地，今天清不完可以明日再來，沒有那麼趕時間。」

「南溪姊，我真的不累，我幹活都做慣了。」

說完，小牛又跑回去繼續搬石頭。

南溪看他一點也不費力的樣子，只好隨他去了。這娃心思比較敏感，花了錢雇他，不讓他幹活，估計心裡會更不好受。

當哥的攔不住，她只好拉著妹妹。二丫個子小，一點也不像七歲姑娘，讓她一直幹活，南溪心裡還真有些過意不去。

兩人歇了兩刻鐘後才過去一起幹活，一直忙到快午時，地已經被清理了大半出來。剩下的小半片是俞涼下山後幫忙清理的。

等四人回到院子裡，南溪早就累趴了。

「阿姊，吃飯啦！」

「你們吃吧，我沒胃口，晚點再吃。」

盧氏不放心，到屋子裡看了一眼，發現南溪紅著臉閉眼靠在椅子上，像是睡著了。她伸手摸了下，很燙。

不是發熱，應當是暑熱。

這孩子，累得不輕啊！

同樣不放心的人還有俞涼，他一見阿娘出來便連忙上前詢問，結果受了一頓白眼。

「阿娘，小溪是真累著了，還是哪兒不舒服？」

盧氏沒理兒子，轉頭兌了盆溫水進屋替南溪簡單擦了下，然後才出來訓他。

「山上的活兒有溪丫頭重要嗎？早兩天、晚兩天有什麼要緊，你看她累得中了暑熱，十幾文錢有她身體重要嗎？」

俞涼既是心疼又是後悔，被阿娘訓得一句話都不敢說。下午便辭了山上的活兒，在家裡幫忙洗缸。

南家大門開著，一眼便能瞧見院子裡頭忙活的人。有盧氏、南澤還有小牛兄妹，這麼多人一起，就算俞涼在，大家也不會說什麼閒話。不過總是會在腦子裡想一想。

該不會南家丫頭以後會和俞涼吧……

阿毛娘也擔心這個。

在路小少爺找媒婆上門之前，她和丈夫早就盤算著讓大兒子娶南溪，甚至叫阿毛和小魚跟南家多親近，就是為了這門親鋪路，可偏偏大兒子沒回來，其間催了好幾次，如今總算把人從縣城裡叫回來。

「家裡到底出什麼事了，一直讓人帶口信？」于茂才一邊大口吃著雞肉，一邊不耐煩地詢問。

阿毛娘讓小魚去關了院門，這才小聲開口道：「前幾日我親眼看到里正帶著南溪那丫頭去量地，隔天那地就被收拾出來，眼看著就要蓋酒坊了。」

「南家買地了？」

香噴噴的雞湯，頓時少了幾分味道。

于茂才想到南家的果園、南家的屋子，還有新買的地，頓時心癢難耐。

南家真是越過越好了，聽說南澤的腿也不再是拖累。若是自己上門提親，以南溪對自己的那點情意應當不會拒絕。等成親後，他就可以用照顧小舅子的名義搬到南家去住，到時候酒坊、屋子、園子，一點一點都可以慢慢弄到自己手裡……

有了錢，他就可以到臨陽，甚至南黎府去唸書。山平縣這些教書的先生一點都不盡責，只會對那些有錢人重點照顧。

「阿娘，我覺得妳說得對，我這個年紀是該成親了。」

母子倆心照不宣地互相笑了笑。

阿毛娘吃完飯便急著出門去尋媒婆，于茂才睡個午覺後也出了門。不過他沒去南家，而是往碼頭方向走去。

平時南溪都是在碼頭附近擺酒水攤子，前幾日忙著買地清理的事沒有來，現在有俞涼回來幫忙，她便又開始出來賣酒了。

「丫頭，妳這燒酒味道真是不錯。」

「好喝，您老就多來照顧照顧生意。」

南溪笑咪咪地將銅板放到兜裡，準備幫後面的客人打酒。

「小溪妹妹……」

「嗯？」

這人是誰？

村裡到處都是短褂褲子的人，突然多了一個穿長衫的。瞧著還是用上好的棉布製成的衣裳，看著就和村裡人格格不入。

「我是阿才哥啊，妳忘了？」

于茂才有些傻眼，這和他預想的完全不一樣。

「阿才哥啊……不好意思，前幾個月生病把腦子燒壞了，忘了許多事。你是來買酒的？」

「不……」

「不是，你就讓一讓，謝謝。」

南溪揮揮手將他趕到一邊。打酒，收錢，一個人忙得不亦樂乎，連個眼風都沒給旁邊的人。

于茂才想走又不甘心，想湊上去說話又拉不下臉。糾結了好一會兒，眼看著南溪都要收攤了，他連忙裝作要順路回去的樣子走上前。

「小溪妹妹，我來幫妳一起推吧？」

南溪皺著眉頭直接拒絕他，又問道：「阿才哥，你不是讀書人嗎？避嫌不知道是什麼意思？都多大的人了，說話辦事得過過腦子。」
真要是讓他和自己一起推著板車回去，保證不出半個時辰，村裡就要開始傳她和這個阿才有一腿了。
她可不想被俞涼誤會。
「借過，借過。」
南溪沒再同他說話，直接推著板車走了。
于茂才咬著牙氣呼呼地回到家，一進家門，他就發脾氣，把小魚剛洗乾淨的一桶衣裳踢翻了。
「你們怎麼不告訴我，她生病腦子不記事了？」
阿毛娘之前還有些猶豫，結果猶豫著就給忘了。
「那丫頭跟你說啥了？」
「啥也沒說，讓我避嫌。」
于茂才還是氣不過，他可是村子裡唯一一個童生，日後也是唯一一個秀才。
一個小小村姑竟然嫌棄他，要避嫌？
原本只是為了錢，現在他倒是多了幾分征服慾。
「那……媒婆那邊？」

「照常去吧，我明年就要下場考試了，答應婚事，她明年就是風光的秀才娘子，是個正常人都知道該怎麼選。」

一旁撿著衣裳重新清洗的小魚暗中撇撇嘴。

真是自信又自大，南溪姊才不會看上他呢！長眼睛的人都知道她和大涼哥是一對。

想歸想，但她沒把這話說出來，不然又要挨一頓罵。

南溪還不知道媒婆又要上門，她也沒有和家裡講今日的事。一回去，她便帶著盧嬸嬸煮的綠豆湯，跑到山腳下去看蓋屋子的情況。

現在還是在打泥坯的階段，俞涼也一起在做。他好像什麼都會一樣，打出來的泥坯和請來的人做得差不多。照這個速度，還有兩、三日，第一批泥坯就能曬乾開始砌了。

南溪將湯水送過去，看了一會兒才心滿意足地離開。

過了兩天左右，第一批泥坯已經乾了，今天就可以開始動工。俞涼走得晚，正在家中和南溪最後確認酒坊的布局。

「這裡一定要留兩個坑出來，我要建池子。大涼哥，你盯著些。」

俞涼看著紙上的圈圈框框暗笑一聲，連忙應了。他正準備離開，一個打扮得花裡胡哨的女人就推門進來了。

媒婆……

兩人互相看了眼，眉頭都皺起來。

這是來給誰說媒的？

盧氏問了一句，那媒婆轉頭看著南溪，笑得跟朵喇叭花似的。

「我啊，是來替于茂才小郎君向南溪丫頭提親的。溪丫頭，這婚事可真好，現在于茂才已經是童生，明年考試說不定就能中秀才了。到時候溪丫頭一進門，就是秀才娘子呢！」

聽完這話，盧氏和南溪還沒什麼反應，俞涼先捏緊了拳頭，恨不得現在跑到于家把于茂才揍上一頓。

「考不考得上還另說呢！于茂才要是有心，大可等他明年考中後再來提親。」

媒婆默默地翻了個白眼。人家要是考中了秀才，還會娶個村姑？

「哎呀，盧姊姊，說著南溪的親事呢，妳兒子怎麼好插嘴。」

南溪眼看旁邊的人都要冒火了，連忙笑道：「多謝您來走這一趟，只是我已經相看好人了，很快就會訂親。于家這事，就麻煩您幫我拒了吧。」

媒婆一愣，沒想到是這樣的結果，她心裡不大痛快，不過南溪送她出門的時候給了她十文錢。錢一進兜，那就好說話了。

要知道于家那婆娘，請自己來說媒只給了五文錢呢！

送走媒婆後，南溪回到院子裡，一家子都盯著她瞧。

「阿姊，阿毛他哥怎麼會突然想來咱家求親？」

「這……」

南溪自己也不清楚，她只好把昨日遇上于茂才的事說出來。

「昨日只覺得他為人有些輕浮，沒想到他竟然直接讓媒婆今天上門了。」

南溪都很明白地表示嫌棄他了，也不知他哪來的勇氣，認為她會答應婚事。南溪偷偷觀察了下俞涼，很明顯地感覺到他在生氣。他走的時候，還差點撞了大門。

相處了一陣子，南溪還是有一些了解他的性子，他肯定在一邊罵于茂才癡心妄想，一邊怪自己沒用。

其實他已經很努力了，這幾月白日裡幹的都是重體力活，晚上還要抽空編織東西賣錢，加上盧嬸嬸撬海蠣賺的錢，一個月差不多能有二兩銀子。

這對普通農戶來說是非常厲害，但他們沒什麼積蓄，幾乎可以說是從零開始攢。想要成親，需要一大筆聘禮，然後建房子也是一大筆花銷，短時間內真的沒辦法攢夠。

南溪能感覺到他心裡很慌，所以等俞涼一走，她便和盧嬸嬸商量盡快訂親的事。

「溪丫頭……妳？」

盧氏萬萬沒想到，南溪神神秘秘將自己拉進屋居然是說這個。

「丫頭，嬸兒跟妳說實話，我和阿涼都巴不得早早將親事定下來，可是咱不能委屈了妳。先前那個訂親的都給了五兩銀子聘禮，給妳的必須要比她高，至少也得十兩。待我和阿涼再攢一攢就夠了。」

「攢夠聘禮銀子，拿出來，錢袋又空了。那房子要等什麼時候蓋呢？還有婚禮籌辦也要銀子。家裡越缺錢，大涼哥的壓力就越大，他不光白天要幹活，晚上也要熬夜編東西。盧嬸，妳不心疼嗎？」

盧氏當然心疼了。可她勸不了兒子，自己心裡也覺得聘禮太少會委屈南溪，所以這兩個月一直是母子同心，努力賺錢。

「溪丫頭，嬸兒明白妳這份心意，只是錢還是得攢。妳放心，最多三個月，我就請媒婆來提親。」

南溪哭笑不得。

她可不是恨嫁，只是想早點把親事定下來，讓母子倆不要那麼急著攢錢，也省得再有別人來打她的主意。

南溪把自己的顧慮和盧嬸嬸說了一遍，好說歹說才勸她接受自己借錢給她。

兩人心知俞涼不會答應，所以都決定先瞞著他，等下聘那日再和他說。

誰知計劃趕不上變化，拿著兩人八字準備去合的媒婆在路上遇見俞涼，她順口就恭喜了一聲。

俞涼丈二金剛摸不著頭腦，自然要問清楚。畢竟這可是媒婆，搞不好又是來替他說親的，他得弄明白，不然一會兒回去都不知道該怎麼哄人。

「哎喲，都這麼大的人了還害羞。南家丫頭都比你大方呢！好啦，我得趕著去給你們合八字，先走了。」

一句話炸得俞涼腦袋嗡嗡響，都顧不得失禮，他一把將媒婆抓回來。

「什麼合八字？誰的八字？」

媒婆手腕吃痛，齜牙咧嘴地拍掉抓著自己的那隻手，沒好氣道：「當然是你和南家丫頭的八字。你娘親自來找我，眼下合完八字，過幾日就可以下聘禮了。這不是好事嗎？你做什麼這個樣子，抓得我痛死了。」

俞涼連忙道歉，眼看著那媒婆越走越遠，他心裡亂成一團，趕緊回家。

阿娘怎麼會突然提親呢？家中現在一共也才五兩左右的銀錢，聘禮哪裡夠？

「阿娘！我……」

俞涼滿心焦躁地看到院子裡的那兩人，頓時熄了火。

羅家舅舅來了。

「全叔……」

羅全這會兒還不知道外甥女自作主張已經要和人家訂親了，還是像以前那樣友好地打了招呼，然後專心和外甥女商量起買酒的事。

「你大表哥還有半個月就成親了，家裡要辦喜宴，到時候需要不少酒水，我打算直接在妳這兒買回去。妳瞧，我連酒罈子都帶來了。」

南溪看了眼表哥提著的兩個酒罈子，加起來大概能裝個五十來斤。

「對了，還有妳上次送給妳舅母的芒果酒，多少錢一斤，我再買些回去給她。」

其實是羅全自己想喝了，江雲喜歡是喜歡，但是沒有癮頭。他是燒酒也愛，芒果酒也愛。眼瞧著家裡就剩一點點了，便想著來外甥女這兒補貨。

南溪糾結了下。

因為芒果酒對普通人家來說真的很貴。雖然自己可以瞞著價錢，把存貨賣給舅舅，但路家賣芒果酒又不是悄悄賣，早晚有天舅舅他們會知道。到時候舅舅估計又會補錢，來來回回的也麻煩。

索性還是現在就告訴他。

「芒果酒我賣給路家是一斤二百文錢。」

「多少？」

羅全的手一抖，頓時灑了不少水出來。

「我沒聽錯吧？」

「阿爹，我聽著也是二百文……」羅雲也驚呆了。

「這酒主要量少，原料也貴些，做法也特別。市面上沒有，這才賣得貴。」

「那妳送我們幹麼，拿去賣，可是四百文錢呢！」

想想自己和媳婦喝掉的那些，羅全心疼極了。早知道這麼貴，他哪能喝那麼快。糟蹋了呀！

父子倆都是一副痛心疾首的模樣，南溪笑著連忙安慰道：「今年是沒有準備，明年我會多收些芒果。到時候會有很多芒果酒的，價錢也便宜。」

羅全半信半疑，不過現在還有正事要做，沒什麼工夫繼續難受。

他們今天來不光是買酒，也是送糧過來，這才剛扛了一百多斤過來，船上還有呢。

父子倆喝了水，又出門去船上搬糧食。俞涼很自覺地跟著一起去了。之後搬糧，秤酒，做飯，羅家父子倆一直都在。等他們要走的時候，酒坊那邊的人也過來叫俞涼了。

一直忙到傍晚回來吃飯，俞涼還是沒能開口。

因為家裡還有兩個小傢伙。

小牛和二丫每天中午都是在南家吃，本來是不供應晚飯的。但南溪偶然發現兩個小的晚飯沒得吃，早飯也沒得吃，就靠著中午那頓飯頂著，真是被氣得不輕。

李家那兩口子做事真絕，知道兄妹倆中午能在南家吃飽飯，乾脆停了他們的晚飯，早飯則是以前就沒有。

南溪不是大善人，但也不能眼睜睜看著兩個孩子挨餓。尤其是相處下來，這兩個孩子是真勤快懂事招人疼。所以這兩日晚飯，她也會留兄妹倆一起吃，只說到時候從工錢裡扣。

小牛知道身體好才能更努力幹活這個道理，心裡記著南家的恩，吃飯也不矯情。兄妹倆吃完飯，會等所有人吃完，然後洗碗，收拾灶房，都弄乾淨了才會走。此舉倒是又讓南溪清閒了不少。

等那兩娃一走，俞涼關了院門，開始「審問」三人。

「你們是不是瞞著我幹了什麼事？」

盧氏心一慌，轉頭去看南溪。南溪很淡定，表示沒什麼瞞著他的事。南澤這回都穩住表情沒露餡。

「那我上午回來，在路上碰見的那個媒婆是怎麼回事？她說，等我和小溪的八字合完就可以下聘了。」

三人怎麼也沒想到，是媒婆出了紕漏。

盧氏張嘴想解釋，看著兒子那不贊同的樣子，心虛地開不了口。

南溪才不怕他，拉著他去了存酒的屋子。

「這麼凶幹麼，不願意跟我訂親啊？」

「妳知道我不是這個意思。」

俞淙很是無奈，拉著南溪的手輕輕揉了揉。

「現在家裡攢的銀錢不夠，再等幾個月就可以。咱不說比村裡所有姑娘的聘禮都豐厚，至少要超過大多數人吧。」

「那我可以先借給你啊，先訂親不行嗎？你瞧瞧，一會兒是路少爺，一會兒是阿才哥，等我的酒坊蓋起來，肯定還有好多打我主意的人。訂親了，人家都知道我是要嫁你的，自然就不會惦記我了。」

俞淙聽完，根本說不出反駁的話，因為他也很討厭那些惦記南溪的人。

「可是聘禮的錢，怎麼能借妳的錢來給？這不行。」

其實南溪之前也是想著等他攢錢的，可最近連續兩人來提親，讓她煩不勝煩。如果能乾脆解決，為什麼要拖拖拉拉呢？

「真不行？」

「不行。」

早知道這傢伙倔，想想又覺得他倔的樣子很可愛。

南溪眼珠子轉了轉，突然朝俞涼靠近了些，問道：「那我錢不算借給你，行不行？」

俞涼儘量忽視掉近在咫尺的小腦袋，呼吸輕得不能再輕。

「嗯？什麼叫不算借？」

「就是買呀！我花十兩買你這個人。下半輩子都得賣給我，以後都得聽我的話。」

明明說著買賣，俞涼卻聽得一身躁熱。

這小丫頭說話可真要命。

「還有，以後家裡的錢都得我管，你賺的錢也都得給我。」

南溪又湊近了一些，她還踮了腳，呼吸交纏之間，俞涼早就被迷昏了頭。

「你答不答應？」

「答應……」

俞涼沒有絲毫猶豫。

「真乖，獎勵。」

南溪重重親了他一口，高高興興跑出去了。

俞涼愣住。「……」

剛剛是他在說話？

好像一不小心就答應一件了不得的事。

俞涼神思恍惚，滿腦子都在想著剛剛被親了一口的事，等走出小屋子，才反應過來自己答應借銀子下聘禮的事。

他有心想反悔，可是一看阿娘和南溪那高興的樣子，又覺得不重要了，她們開心就好。

第二十四章

於是，就在于茂才琢磨著第二次偶遇的時候，俞涼和南溪訂親的事突然就傳遍了整個村子。

「我就說嘛，俞涼最後肯定跟南溪是一對！」

「嘖嘖嘖，十一兩銀子的聘禮，可真是捨得。」

「真是沒想到，俞涼才從牢裡出來，他家裡竟然還拿得出十一兩聘禮，早知道……」

「早知道又有什麼用，跟你家結親的話，估計就沒有十一兩銀了。你也不看看南溪那丫頭現在多值錢。」

現在南澤還沒有長起來，家裡都是南溪作主。眼下南家有園子，還有石屋和一塊新買的地，馬上就會建酒坊。以南溪那釀酒的手藝，酒坊就是個錢生錢的金蛋。即使只陪嫁一座酒坊，那也是俞涼大賺，十一兩聘禮那是應該的。

村裡人聽了這消息，心裡都有些酸酸的，但都不會說什麼太過分的話。連毛阿婆也只是逮著南溪一個人的時候叫她小心些，別被人算計了錢財。

南溪笑了笑沒當回事。

打從訂親後，盧嬸嬸便將一家子剩下的錢都交到她手裡，講明了以後母子倆掙的錢都會交給她。

錢都在自己手裡，他們能算計自己啥？

而且，她相信自己的眼光，母子倆都是真心待她的。所以像毛阿婆這樣提醒的話，她都一笑置之，聽聽就算了。她只需要把自家日子越過越好就行。

一轉眼就是羅家表哥要成親的日子，南溪和弟弟需要提前過去在那邊住上一日，等第二天喝了喜酒才回來。

家裡有盧嬸嬸照顧，南溪很是放心，吃過午飯就帶著弟弟坐上舅舅的船離開了。

「我瞧著小澤現在走得越來越穩當，還有在喝藥嗎？」

「沒有喝藥了，只有一些外敷的。孫大夫說再敷上半個月就能徹底斷藥。」

說起這個，南溪可開心了。弟弟現在已經不用人扶就可以自己走一小段路，有楞杖輔助，他在院子裡來來去去都很順暢，聽他自己說，腿腳也越來越有勁兒。很快就和正常人差不多了。

羅全聽完很是欣慰。

「小澤，你姊姊一個人把你帶大不容易。可要記著姊姊的好，以後做她的依靠。」

「我肯定會對阿姊好啊，不過姊姊的依靠不是姊夫嗎？」

南澤覺得大涼哥比自己可靠多了。

「對了，舅舅，明年阿姊成親，你們也會來我們家，對嗎？」

此話一出，船上頓時安靜了。

南溪還沒琢磨好怎麼和舅舅開口，突然一下就被弟弟洩漏出去。瞧瞧舅舅那震驚的樣子，一會兒自己肯定要被訓話。

「你阿姊明年成親？我怎麼不知道！」

「咳……舅舅，我也是剛訂親。對象就是俞涼，你也見過。」

羅全呆愣了好一會兒才反應過來，忍不住有些上火。「這麼大的事，上次我來送糧的時候，怎麼都沒有和我提一句？突然一下就訂親了，家裡連個大人都沒有。」

訂親也不可能是幾天就決定下來，自己每個月都要來送糧，竟然啥都不知道，想了想都覺得不真實。

「真的定下來了？」

南溪點點頭，解釋了下自己想早些訂親的緣由，好說歹說才將舅舅哄高興了。

很快，船靠了岸，姊弟倆跟著去羅家。

江雲因為南溪送的酒，態度軟和不少，至少看上去很親切。南澤還真不習慣，轉頭就跟著二表哥出門去了。

南溪無聊地在院子裡轉了轉，想幫忙又幫不上，進進出出人又多，於是乾脆回到舅舅給自己安排的屋子裡睡了一覺。等她再醒來時已經是傍晚。

這個時辰，家裡的大個子應該已經到家準備吃飯了。每天都要見的人，突然一下見不著了，還真是怪難受的。

「表妹，妳睡醒了嗎？準備吃晚飯了。」

聽到大表哥的聲音，南溪連忙應了一聲，趕緊整理好自己。

堂屋已經擺好飯菜，四葷兩素還有一大缽雞湯，準備得很豐盛。從菜式就能看出舅母對自己和弟弟的態度，還挺不錯。

「小溪、小澤別客氣，就當是自己家，放開了吃。」

姊弟倆乖乖應了，一邊吃飯，一邊聽舅舅和舅母商量著明日的婚禮。

南溪感覺比較敏銳，發現吃飯時，大表哥看了自己好幾回。

這是什麼意思？

她倒沒有自作多情以為表哥對她有意思，只是覺得表哥的眼神有點東西，不像是正常的打量。

吃完飯後，她就知道為什麼了。

「表哥，你想開酒鋪賣酒？」

羅江點頭，十分期待地看著表妹。

「表妹釀的燒酒，我比對過很多家，味道絕對是數一數二。妳在島上才賣十二文一斤，若是弄到咱們這兒來賣，哪怕賣個十五、十六文都能賣。還有妳釀的那個果酒，聽阿爹說明年妳會多做一些，到時候也可以弄到這邊來賣高價。妳覺得怎麼樣？」

南溪覺得這個想法不錯，但她的酒坊規模並不大，現在供著村裡和許大志是略有剩餘，若是加上表哥，恐怕得加大釀酒的量。

這樣，一家子都會很累……

可是能掙錢啊！

世上有誰會嫌錢多的呢？大不了再多雇些青壯勞力就是。

南溪沒想多久就點頭應了。

「可以是可以，但我家裡的存酒不是太多，等酒坊蓋起來才會增加產量，估摸著得一個半月左右。到時候，大表哥你可以直接讓舅舅到島上拉貨。」

「好好好！」

羅江得了句準話，相當高興。馬上就要成親，婚後賺錢的路子也定下來了，這是喜上加喜呀！

看著兒子這麼高興，江雲對姊弟倆的態度那是更加好了，還主動邀請姊弟倆在家裡多住些日子。不過被南溪以家中還要釀酒為由拒絕了。

開玩笑，出來一日，大個子就不開心了，再多住上幾日，他要鬧脾氣的。而且，大表哥新婚，她和弟弟在這兒幹麼，還是觀完禮就回去吧。

南溪第二天一早就換上自己的新衣裳，跟著舅母檢查了下新房的佈置，還有家裡瓜果的擺放。今日家中大喜，所有瓜果擺放都得成雙成對，若是被誰偷吃成了單，那就不好了，不吉利。

江雲有意傳授了很多辦喜事的宜忌之事，南溪也聽得認真，因為這份好意，兩人關係倒是親近了幾分。

過沒多久，大表哥出發迎親了，大表嫂聽說是隔壁鎮上的，一來一回估計得下午才能回來。

南溪趁著人多，帶著弟弟去前面掛了禮。寫的是自己和弟弟的名字，給了六百文錢。舅舅一家著實幫她良多，人情來往，她也不想吝嗇。不過她和弟弟畢竟還小，給個六百文就差不多了，再多舅舅也不會收。

「阿姊，咱們什麼時候能回去啊？」

這裡的人，除了舅舅一家，他們誰也不認識，吵吵嚷嚷的，耳根子都麻了，南澤真是十分想念家裡的清靜。

南溪也想早些回家，不過也要觀完禮才能走。

「下午的時候吧！到時候舅舅會讓人送我們。小孩子不都是喜歡熱鬧嗎？你以後也要娶媳婦的，得習慣才是。」

「我才不娶媳婦。阿姊，妳可別替我定啊。」

南澤說得認真，倒是叫南溪有些意外。

「為什麼？男孩子長大都得成家立業啊！」

「我不想娶。他們都說等我娶了媳婦，就和阿姊是兩家人了，到時候就不能住在一起，也不會太親近。我不要……」

小孩子哪會想那麼遠，只是不想和姊姊分開罷了。

南溪一時竟不知該怎麼回答。在她的預想裡，明年和俞涼成親前，會把隔壁屋子推倒再重建，然後成親就搬到隔壁。她想著兩家反正離得近，還是可以就近照顧弟弟，沒想到他心裡竟然這麼害怕……

「小澤，你娶不娶媳婦，咱先不說。明年阿姊若是和大涼哥成親了，肯定會住到一起。雖然是和你分開住了，但盧嬸嬸家和咱家離得那麼近，除了晚上你在家睡，白日還是像現在一樣。你是阿姊的親弟弟，不管什麼時候，阿姊都不會為了別人和你疏遠。你是信阿姊的，還是信別人的呢？」

小娃娃抬起頭，毫不猶豫地回答道：「我信阿姊！」

南溪笑著，輕輕揉了揉弟弟的腦袋，心情頓時好起來。

「真乖。」

姊弟倆悄悄說著話，安安靜靜等待著大表哥將新娘接回來。

本以為觀禮完就能回去，誰知迎親隊伍路上耽擱了，回來的時候已經近傍晚，這個時辰，小船是絕對不可能出海。姊弟倆只好又在舅舅家住了一晚。

新嫂子叫阿珠，是個勤快又愛笑的姑娘。南溪走之前和她說了幾句話，對她還是滿有好感的。

人與人之間，還真是有眼緣一說。

「阿姊，咱們住了兩天才回去，姊夫會不會生氣啊？」

南溪一把捂住弟弟的嘴，輕聲笑罵道：「傻弟弟，在外頭不許叫姊夫。」

「哦……那大涼哥會生氣嗎？」

「這……」

他應該不會生氣，頂多就鬧小脾氣。

南溪望著越來越近的瓊花島，腦子裡飛快想著哄人的法子。

很快地，姊弟倆下了船，兩人先回到家裡放下舅舅送的一些菜肉。

「盧嬸嬸，才兩日不見，我可想妳了。」南溪一句話便哄得盧氏眉開眼笑。

「好孩子，回來可累著了？肚子餓不餓？」

「沒有，走之前才吃飽呢！盧嬸嬸，我去酒坊那邊瞧瞧。小澤，你等下自己把髒衣服洗了。」

南澤剛應了一聲，門口就沒了姊姊的身影。

嘖，什麼去看酒坊，分明是去看姊夫。

小孩倒沒猜錯，只是路上出了點意外。

南溪在路上遇見正抹著眼淚的春芽。這種情況當然要先去陪好姊妹了。

「春芽，這是出什麼事了？」

「啊？我沒事。」春芽眼睛紅紅的，說話語氣卻是風輕雲淡。

南溪一時分不清她是真沒事，還是故作堅強，只好先一路陪著她回到她家。

一進家門春芽便笑起來，立刻打水擦了臉，然後高高興興拉著南溪到自己屋子裡說話。

「是不是被我嚇著了？」

南溪疑惑不解。

「我啊，那是假哭呢！誰讓林三哥惹我生氣，今天送他表妹回去的時候，明明有他弟弟在一起，偏偏他要伸手去扶表妹。我跟他提了一句，他居然說是我想多了。妳說，我這是無理取鬧嗎？」

南溪覺得有那麼點無理取鬧的意思，可等她代入自己，想著要是俞涼去扶別的姑娘，她覺得自己好像也會不高興。

「林三哥對他表妹肯定沒什麼意思，妳多提醒幾次，他肯定就知道了。上回我跟你們一起出去，他就沒有扶我，是林四哥扶的。」

「好好說，他才不會聽。剛剛我一哭，他就著急了，嘿嘿。」

春芽心情大好，逮著南溪又說了許久話。

等南溪從她家出來的時候都快吃午飯了。

這下去酒坊那邊應該也看不到什麼人，想了想她還是直接回家。

一進院門，就看到大個子打水在沖洗。搭建房屋身上難免都是泥土，這會兒剛洗到胳膊處。

那水一沾上衣裳便很貼身，順著他的肌肉一路往下。南溪都捨不得挪開眼，很不爭氣地嚥了嚥口水。

這反應逗笑了俞涼。本來還有點小悶氣，一見她這樣，心裡便開心了。

「小澤不是說妳去找我了嗎？怎麼都沒看到妳？去哪兒了？」

「誰說我是去找你的，我是去看春芽，剛剛去她家裡和她說了一會兒話。」

南溪忍著不去看他，跑到灶房裡頭去端飯菜。

天熱，肉食難放，所以今日帶回來的雞已經燉成湯，豬肉則炒了三道菜。鍋裡剩下一點葷油，盧氏直接切了點酸菜下去炒了炒，也是很香。

小牛兄妹倆一般只吃素菜或者一點海物，南溪勸說了兩人好幾次，他們都不聽，只能自己給兄妹倆一人挾一大筷子肉菜。

香滑的肉條配包菜，還有肥肉炒茄子，聞著香，吃起來更是美味。

如今家中寬裕了，連豆豆都能分到一塊沾肉汁的茄子吃。

一家子安安靜靜吃完飯，俞涼這才有空和心上人說話。

可惜心上人不解風情，一心只有酒坊，跟他說話十句有九句都是在問酒坊的事。

俞涼心裡酸溜溜的，直到開始幹活了都還沒緩過來。

南溪偷偷笑了幾次，到底還是惦記著正事沒再逗他，轉頭去檢查屋子裡的池子。

這兩方大池子是準備用來放置蒸熟的糧食，然後發酵。池子比缸子好用多了，不管是裝進去還是提出來都方便，所以這個部分很重要。兩方大池外面用泥坯砌成，裡面用青石塊，保證不會讓糧食沾染到泥土。

屋子裡的地面，到時候準備全鋪上海蠣殼，防滑又好看，下雨天一點都不受影響。

這還是她瞧見里正院子後才起的意。

整顆的海蠣石當然不行，要那種被碾壓過、半碎的海蠣殼。既不扎腳，又能防滑。畢竟做的是酒水買賣，若是下雨天摔上一跤，磕了誰，她都會心疼的。

南溪檢查了一遍很是滿意，轉頭又去看專門用來擺放酒缸的酒室。這間酒室占了整個酒坊十之七八的地盤，差不多相當於家裡三個存酒的屋子，是酒坊裡最大的地方。

第二大是蒸酒的灶房，這回的灶孔砌得特別大，並用特製的大鐵鍋，可以一次蒸上百斤糧食。

灶房裡不光要蒸酒，還要出酒，所以空餘的地方留得很足。

雖然現在屋子才砌起來一半，但大致的輪廓已經出來了。和她心裡想的幾乎一模一樣，這都是多虧某人一直細心監督呢！

南溪滿意地從灶房出來，去了有池子的那間屋，然後叫了俞涼一聲。

「大涼哥，你過來看看，池子這兒好像有些不太對。」

俞涼沒想太多，聽見這話便乖乖走到屋子裡去。

「哪兒出問題了？」

「你過來看看嘛！」

南溪坐在池子旁招手讓他近前。現在屋子已經蓋了一半，圍牆正好將兩人擋住。俞涼靠過來的時候，她忍不住又想起了剛剛他那委屈的樣子。

「大涼哥，你這眼睛上怎麼也沾了灰，你閉上眼，我幫你擦一擦，不然掉眼睛裡可難受了。」

俞涼看不見，但他不會開口拒絕。當下便乖乖閉上眼，等著心上人給自己擦臉。

淡淡的皂角香氣越來越近，一個軟軟的東西貼上他的嘴唇。就在他反應過來是什麼想抱人的時候，壞丫頭已經親完人跑掉了。

「剛剛是我看錯啦！大涼哥你繼續忙吧，我先回去了。」

南溪笑得跟小狐狸似的還揮揮小手，差點把俞涼的魂都勾去了。

少男少女又是訂親的人，大家見了也當沒看見，只一心把活兒幹好。

南家給的工錢足，每日不光送糖水和水果，還有一人一個大饅頭。

錢賺得多，飯也吃得飽，大夥兒幹起活來很賣力。不到一個月，小酒坊便蓋成了。

這回是獨立的酒坊，得有個招牌。南溪懶得去想，便直接取「南家酒坊」，製成木牌和布幡掛在酒坊前門。

酒坊一蓋好，之前預訂的東西也在慢慢運送過來，如鐵鍋、酒缸、蒸籠等等。

所有東西都備齊了，南溪這才正式安排工作給小牛兄妹倆。

「以後二丫就不要去忙別的，只負責灶房這裡就行。燒燒火，清理灶臺，別的不用管。小牛負責打水，還有清理酒缸、劈柴這些活兒。」

至於搬運糧食、酒糟，暫時只能讓大涼哥做。

南溪還記得大表哥要開酒鋪的事，自己肯定要再招人。酒坊這麼重要，晚上也肯定要有人守夜。小牛太小，大涼哥倒是合適，可明年自己和他就要成親了，總不能成親後，夫妻還天天分開過吧。

所以招個可靠的成年大漢，很有必要。

「大涼哥，你有什麼人推薦給我嗎？」

俞涼仔細想了想，發現還真沒有。

村裡能幹活的大人很多，可要一個沒有私心、可靠又安全的人，真的很難。

南家酒坊裡的酒，以後會越來越貴，誰敢保證守夜的人不會自己偷盜出去賣。萬一遇上個心黑的，下點東西，那可是要挨板子的事。

不怪俞涼想得遠，東興村包括附近幾個村子都出過這事。你要是和大家一起窮，那大家都是好朋友。你要是富了，看你不順眼的人便也多了，使絆子的人多得是。

「我先來做吧！這人得慢慢找，沒那麼容易好找的。」

正好，現在家裡的房子還被衙役們住著，他可以在酒坊裡隨便打地鋪，順便守夜。

「好吧。」

南溪嘴上答應了，一回家就去把自己的小寶箱翻出來。先前買地花了七十兩銀子，蓋酒坊花了四兩銀子。最後十兩銀子借給了盧嬸嬸，但這錢現在又到自己手裡。加上盧嬸嬸後來給自己的銀兩和這陣子賣酒水的錢，她現在手裡有十七兩銀子。

這些錢買個大漢夠吧？

南溪想去臨陽買個人。

村子裡雇的人再老實可靠，也沒有賣身契攥在手裡來得踏實。酒坊對家裡太重要了，絕對不能隨隨便便雇人。

她把自己這意思一說，弟弟和盧嬸嬸想都沒想就同意了，只有俞涼皺著眉沒有贊同。

「你不同意買？為什麼？」

「買個人來幹活有些浪費了。酒坊裡的事，我都能做，我也可以守夜。」

他還沒有想那麼多，只想證明自己可以和她一起撐起酒坊。

南溪瞪了他一眼，冷哼道：「那我不買人了，以後酒坊晚上守夜就麻煩你了。」

說完，她便帶著銀子出了家門，留下俞涼丈二金剛摸不著頭腦。

盧氏才不理傻兒子，端著豆子去了灶間。

南澤發現未來姊夫是真沒想明白，於是大方提醒道：「大涼哥，你以後都住酒坊，成親後也是嗎？」

俞涼聽完恍然大悟，原來她是這個意思！

心神蕩漾間，他就這麼追出去了。

買買買，必須買！

可惜南溪走得遠了，不知道他已經改了主意。

第二十五章

兩刻鐘後，南溪坐上去臨陽縣的小船。

其實她也不是這兩日才臨時起意要買人，早先便隱隱有了念頭，還詢問了盧嬸嬸和舅舅，因此她知道下船要先去找牙行。牙行裡頭牙子很多，有賣車、賣方、賣人的，找準了就能談買賣。

南溪下船後，直接到碼頭附近的茶水攤上喝了一碗茶，付錢的時候隨口一問，那老闆便給她指了路。

臨陽縣，她很陌生，不過只要有錢，問題不大。她和幾個人一起搭了車，花了五文錢便到了牙行門口。

嘖，好傢伙，路氏牙行。

路家產業還真是不少。

南溪多看了幾眼牌匾，深吸一口氣走進大門。

路氏牙行裡的夥計估計訓練過，她穿著再普通，他們也很熱情，一見客人便笑著迎上來。

「姑娘您這是想買什麼呢？」
「買人。」
夥計點點頭又問：「不知姑娘是想買什麼人，咱們這牙行，人牙子也是有分類的。」
「嗯，想買能幹活的人，壯勞力。」
「您跟我來。」
夥計直接帶著南溪到了牙行外，繞了兩個鋪面後，走過一條長巷子來到一處集市。說集市也不算，因為這裡賣的都是人。
南溪一走進這裡便渾身起雞皮疙瘩，路的兩旁畏畏縮縮都是人。有脖子套繩索的，有被捆四肢的，還有關在籠子裡的。
麻木，絕望，死氣沉沉。
她彷彿又回到沙漠裡還是那個小奴隸的時候，太恐怖難受了。
「姑娘，這是我們牙行的六指叔，您想要買的人都在他手裡。」
夥計帶完路便走了，南溪回過神就見六指叔將自己從頭到腳打量了一遍，彷彿在估價一樣讓人不適。
「姑娘是想買打雜的、跑堂的，還是看家護院的？」
見他正經起來，南溪也鬆了一口氣，連忙道：「我想買個能幹重活，體格健壯的男人。」

六指叔點點頭，他對自己手下的人清清楚楚，轉頭便叫人把自己說的那幾號人給帶過來。

一共六個男人，體格一個比一個健壯，甚至還有比家裡大個子還要壯實的。

南溪多看了兩眼，六指叔便介紹起他的情況。

「這個三號，今年二十八歲，正是能幹活的時候。到牙行半個月了，沒病沒災。姑娘要是看中了，十五兩銀子帶走。」

十五兩！

她差點嚇得轉頭就走。不過想想這些做買賣的，一開始都不會把底價喊出來，心裡又生出點希望來。

「我能問下，他為什麼會賣身做奴嗎？」

這個六指叔記不太清楚了，於是只好踢了三號一腳，讓他自己回答。

「回小姐的話，奴才是南黎府一戶官員家的家生子，因為犯了錯被發賣的。」

本來這話沒什麼，偏偏那人答完抬頭了。他一見南溪，眼睛都亮了幾分，顯然對這個買家十分滿意。眼神裡都是讓人不舒服的情緒，像是野狗看到肉骨頭一樣。

於是南溪沒再看他，轉頭去看另外幾個。看完都還挺滿意的，一問價錢還是十五兩，就算談過價錢，也要十三兩才行。

她有些捨不得自己的錢袋，正在猶豫時，六指叔指著一處牆角說「那邊還有一個」。

「那邊的十五號，長得也健壯，能幹活。不過是個啞巴，妳若要的話，他可以便宜點，十兩銀子帶走。」

十兩銀子真是讓人心動，南溪立刻跟著去看人。不知道是不是被曬久了，那個十五號有些無精打采的樣子。

「六指叔，就這副病病殃殃的樣子，你收十兩？」

「咳，他不是病了，只是餓了。早上出來的時候都沒有吃飯呢。」

說完，他又給南溪減了五百文，然後讓十五號和那六人搬石頭展示力氣。

南溪瞅瞅十五號，再瞅瞅其他人，除了精神氣沒那邊的足，不會說話之外，好像也沒什麼區別。

「你確定他沒病？」

「當然，姑娘，我們路氏牙行開了幾十年了，要口碑的。真要是賣給妳個病的，砸了招牌，我也要受到牽連。妳放心，只要妳買，一會兒我就寫個條子給妳，若是有病，妳直接帶回來退就是。」

人家話都說到這兒了，南溪也不再猶豫，直接拿錢買了那個叫十五的賣身契。他本名不叫十五，是個很土的姓加狗蛋，所以想想還是叫他十五吧。

眼下只付了錢還不行，還得到官衙去變更奴隸的主人。等南溪忙完，已經差不多近午時了。到牙行領人的時候，遠遠便看到十五坐在門邊，眼巴巴地望著路口，一見她便跑進店裡，瞧著竟有幾分歡快。

南溪跟著走進去，發現十五正從夥計手上拿了一個粗麵窩頭，啃得飛快。夥計看在南溪的面子上給了他一碗水，喝完後，兩人出發去碼頭準備回東興村了。

一路上，南溪問了他不少問題，只是礙於他不會講話，能了解的不多。兩人到碼頭的時候，聞著路邊的香味，她肚子也餓了，於是準備買幾個包子路上吃。老闆問到買幾個的時候，南溪看著旁邊十五那渴望的眼神，於是多買了一個包子，八個饅頭。其中七個饅頭是晚上一家子吃的，另外一個饅頭和包子，南溪給了十五。

十五好像很震驚，又很興奮，特地跑去洗了手，才把饅頭拿過去。一口一口吃得宛若山珍海味，慢吞吞地吃完了饅頭才去吃包子。

南溪難得出來一次，又是買給自家人吃，自然不會小氣。

十五一口就咬到肉了，吃下去的時候，眼淚都快流出來了。

「謝謝小姐……」

南溪嚇了一跳，一個啞巴突然就說話了。

「你、你能說話？」
十五點點頭，但是沒再繼續說了。他專心吃著包子，從皮到肉，連流到手背上的肉汁都舔得乾乾淨淨。
南溪還滿理解他的心情，換成是她前幾個月剛來的時候，拿到這麼個肉包，肯定會和十五一樣。
瞧他吃東西的勁頭這麼精神，看來那六指叔說的是真的，還真是餓著了。
九兩五百文錢就買了個壯勞力，賺了賺了！
南溪喜孜孜地帶著人回東興村。當然，她沒帶人回家，而是直接帶著十五去酒坊。
現在酒坊才剛剛收拾出來，俞涼在院子裡劈柴，小牛在刷洗酒缸，二丫則是在灶房燒水。正忙活著，就看見南溪領了個人進來。
俞涼瞬間反應過來，心裡不是高興，而是這丫頭膽子真大，竟然一個人去找人牙子買人！
「大涼哥，他叫十五，以後就由他在這兒守夜，這幾日你帶著他，讓他盡快熟悉酒坊裡要幹的活兒。」
「好……」
「對了，他好像不太愛說話，你有事就叫他。」

南溪將人交給俞涼後，沒有多待，直接就回家了，將剩下的銀錢都放箱子裡，還有一張賣身契也一起壓進去。

買回了人，總算了卻心裡頭的一件大事。接下來就要安心地釀酒賺錢了。

暢想著美好的明天，南溪舒舒服服地睡了一覺。

因為十五是第一天來，想著讓他認地方，也見過盧嬸嬸和弟弟，所以今天的午飯便讓他過來一起吃。

盧嬸嬸做了一大盆韮油炒蘿蔔絲，還有炒鹹菜拿來夾饅頭。另外還有一大鍋蛤蜊湯，由於蛤蜊是自己撈的不用錢，可以盡情地喝。

聽到這句話的時候，十五的眼睛亮得不得了。他拿著屬於自己的那個饅頭，先喝了一碗湯。然後是饅頭夾菜，再一碗湯。接著是吃菜和一碗湯。最後，又喝了兩碗湯。

好像還沒飽。

南溪臉都綠了……

忍了又忍，南溪還是沒忍住，問出口。「十五，你一般能吃多少？」

十五喝完最後一口湯，難得開了口。

「沒吃飽過，不知道。」

沒……沒吃飽過！

一家人都震驚了。

喝了五碗湯，吃了一碗菜、一個饅頭，他說他沒吃飽過！

南溪這會兒是真的後悔了，貪便宜真是要不得啊。少幾兩銀子卻買了個飯桶回來，要養一輩子的……

不行，得讓他幹活，把伙食費賺回來！

俞淙接收到心上人傳遞過來的眼神，一邊忍笑，一邊加快進食的速度。

吃完飯，俞淙便帶著十五走了。酒坊那邊備的柴火還不夠，正好多個人幫忙。

南溪幫著一起收拾碗筷，想著自己一會兒還要出去，便提前和盧嬸嬸說上一聲。

「嬸兒，晚上單獨做一鍋給十五吧。」

「好，那我蒸一鍋粗麵饅頭。瞧著蛤蜊湯，他也喝得習慣，就再煮一盆，外加一點鹹菜也不錯了。」

這安排好，都是飽肚子的東西，吃得也不算太差。總不能讓一個買來的人，跟主家一起吃飯。

現在買了人，她手頭可窮了，釀了手上這批糧食又得再買糧，還得留一些錢，因為馬上就要採收水果。

南溪可不只是打算做兩種果酒，現下荔枝和桂圓都差不多成熟了，忙上一個月還有別的水果，一批接一批估計都沒有閒的時候。

果酒做出來，至少得三個月才能售賣，中間挺長時間都得靠賣燒酒的錢，所以不得不精打細算。

灶房裡忙活一番後，南溪帶著一斤燒酒出門，去了一趟山下。

這山不是有自家果園的那座，而是旁邊的。南溪都打聽清楚，也讓大個子踩過點。這山上有片荔枝林，結的果子真是品質出眾，而且老闆還有一片林子種的是桂圓，正巧她就需要這些。

眼看著馬上就要收成了，她肯定要找老闆談談收果子的事。

這片荔枝林的主人姓白，早些年也是村裡人，不過後來發了點小財就搬去縣城裡。由於最近碼頭建起來了，才見他時不時回來。

他們的老屋已經有些破敗，聽說這兩日修整得差不多了。所以她才帶酒上門，準備來談買賣。

白家祖屋位置很好找，南溪都沒怎麼問人就到了。一敲門便聽到裡面有道渾厚的男聲，問她找誰。

「我是村尾南家的南溪，想來找白叔叔詢問山上荔枝的事。」

一聲叔叔肯定要比冷冰冰的白老闆更親近。

裡頭的人很快就來開門了。

白老闆對南溪還是有點印象，只是沒怎麼放在心上，這次回來聽說村裡有賣酒才記住了一點。

「進來說吧。」

大門一開，南溪連忙跟在他身後進去。院子裡一個正在洗衣裳的婦人抬頭看了眼，又迅速低下頭去。

這時從裡屋又出來一位婦人，她的穿著打扮明顯要比院子洗衣裳的那個好很多，手上、頭上還戴著首飾。這位應該是白老闆的媳婦。

「當家的，這是？」

「她說她叫南溪，來說什麼荔枝的事。妳去倒碗茶來。」

婦人應聲走了，兩人在院子裡的石桌旁坐下。

「白叔叔，我來是想問問您家的荔枝價錢多少，有沒有多餘的量願意賣。」

這樣的開門見山，白老闆倒是愣了下，他打量了南溪一番，才問道：「妳能要多少？」

「那得看白叔叔您的價錢是多少了。」

白老闆笑了笑。「兩百文一斤。」

這貴得驚人！

她沒吃過荔枝，只聽說果子顏色討喜，果肉也漂亮，味道又好。可這也太貴了，比糧食貴了不知多少倍。

大個子不是說十幾文錢就可以的嗎？

「白叔叔您逗我呢，咱們島上的水果什麼時候這麼貴了。」

白老闆笑了兩聲，說是開了個玩笑。

「不過這一斤兩百文還真是沒騙妳。那是賣給外地老闆的價格。」

荔枝深受夫人小姐們的喜愛，價錢從來不會太低。尤其是賣往外地，人家都捨得弄冰保存，賣便宜了可是會掉價的。

可惜那好幾個大主顧都有固定的果園交易，自己這邊能賣出的數量也有限，所以一年總會剩下一些荔枝，只能島上消化，或者賣到南黎府去。

價錢麼，直接從兩百文降到二十文，都有些賣不動。

「丫頭，妳若誠心，要買的量又大，超過兩百斤的話，我可以每斤給妳減一文，也就是十九文一斤如何？」

南溪沒有點頭，她覺得這個價錢還能降。可惜她對面的是個更成熟的商人，兩人嘴巴都說乾了，也才往下再便宜一文。

「十八文一斤，只要妳一次買的量超過兩百斤，就是這個價錢。這是我的底價。」

白老闆不肯再降，南溪心裡也有數，當下便和白老闆預訂了三百斤。交了訂金，兩人熟絡了一些後，她又詢問起了桂圓，最後以十五文錢一斤的價格訂了兩百斤。

買這麼大量的水果，是人都會好奇，南溪也不藏著掖著，直接說自己要拿去釀酒，順便還預告了下自家即將開缸的橙子酒。

白老闆聽完，若有所思。

「妳一說果酒，我突然想起前些天在南黎府喝過的一壺芒果酒。那酒色真是漂亮，果香也濃郁，就是喝著不夠味兒。丫頭，妳喝過沒？比妳那橙子酒如何？」

「芒果酒？白叔叔可知南黎府一斤賣多少？」

白老闆想了想，有些不太肯定地道：「一兩還是二兩，我有些記不清了。反正賣得不便宜，聽說一共就一百來斤，賣完就沒了。所以後頭的酒越賣越高，我就沒再去喝了。」

奸商啊奸商，一轉手就賺了好幾倍，路家可真厲害。

明年的芒果酒絕對得漲價！

白老闆見她神色不對，腦筋一轉，彷彿有些不敢置信道：「丫頭，那芒果酒該不會是從妳這兒出的吧？」

做果酒的，平時還真是沒聽說過。

南溪眨巴眨巴眼，點頭承認了。

「白叔叔，今年沒有芒果酒了，明年要是想買的話，記得到我家酒坊買喲！」

白老闆暈乎乎地將人送出去。回到院子裡剛坐下沒一會兒，突然聽到洗衣裳的婦人道，她已經洗完衣裳了。

這會兒白老闆沒空搭理，只點點頭讓她去找媳婦領錢。

領完錢走出大門的阿毛娘激動得渾身都在顫抖，方才她在院子裡聽得真切。溪丫頭釀個果酒，居然能賣到一、二兩銀子。

這可是個金娃娃啊！

阿毛娘急忙回了家，南溪什麼也不知道，她還以為院子裡是白家買回來的下人。主家商量事，下人沒有允許是不准看也不准聽的，就算聽到了，也絕不允許外傳。所以她講話時也沒顧慮太多，就這麼讓阿毛娘給聽了去。

秘密倒不是什麼秘密，就是家裡要煩一陣子了。

南溪從白家出來，轉頭就去酒坊裡和大個子說了自己接下來的打算，順便告訴他，自己已經成功和白老闆談好水果的價錢。

「既然這樣，那咱們下午就開始把蜀黍蒸起來，早些把蜀黍蒸完，給果子們騰地兒。」

「我也是這樣想的。」

南溪挽起袖子準備和他們一起幹活，結果袖子才拉一半，就看到一旁的大個子眉頭緊皺。

「怎麼，不許我露胳膊？」

俞涼眼睛盯著那隻袖子，點頭也不是，搖頭也不是，好半晌才憋出一句話來。

「我是不想妳露出來，但我知道妳是想幫忙幹活，這樣更方便。道理我都懂，就是看著妳這袖子，就想拉下來。」

南溪被他逗笑了。

這人啊，可真老實，啥心思都不瞞她。

「可是天氣熱，幹活就是得拉上去。」

南溪俐落地捋起袖子，還朝著眼前的傢伙晃了晃手。

俞涼真是哭笑不得，就算心裡會泛酸，但還是以她的意願為主，她舒服就行。

兩人一起將泡好的糧食弄上蒸籠，二丫燒火，小牛提水，十五則在院子裡劈柴。

十五這人吃得多，力氣卻也大。劈柴就跟切瓜似的，一刀又一刀，絲毫不會累。看在他幹活賣力的分上，吃多一點，南溪總算沒那麼心疼了。

幾個人忙活了一上午，蒸完蜀黍又開始洗泡糯米。

「家裡剩下的糯米酒不夠，這回得全泡上。」

因為接下來的桂圓酒，便是要用米酒來泡。好在荔枝不用，不然她又要去買一大批糯米，到時候拿不出錢來就尷尬了。

她現在窮得厲害，全家上下就只有幾串銅板。晚一天開張就晚賺一天錢，所以她沒再耽擱，第二天便放了炮竹開業。

東興村裡就她一家酒坊，加上酒水味道不錯且便宜，所以生意還是很好的。

大家知道酒坊搬了位置也不嫌偏僻，畢竟就在村子裡，再遠能遠到哪兒去。

第一天燒酒便零零碎碎地賣出去，賺了五百多文。第二天許大志也來了，一次就賣了八十斤，收了近一兩銀子的錢。

有了這些進帳，南溪的心底才總算踏實了些。

三日後，山上好幾戶人家都開始摘果子了，白家卻是在七日後才開始動工。

南溪早早就帶著兩個壯勞力守在荔枝林邊，親自從摘下來的筐子裡，挑了最好的去秤，三百斤不多不少很快就揹回酒坊。

荔枝酒用燒酒泡就可以，酒坊裡別的沒有，燒酒卻很多。所以荔枝一揹回去，南溪便叫了二丫跟自己一起洗手剝荔枝。

至於燒火的活兒，則叫了小牛去。

「白家的荔枝個頭真大，要是核再小點就好了。」

一顆荔枝核就占了小半重量，都是錢啊。

「南溪姊，荔枝真的能做酒嗎？」

「當然了，二丫，妳好好剝，以後做好了，也給妳嚐嚐。」

南溪想著記憶裡的荔枝酒，據說是清甜淡香的味道。以前不知道荔枝是什麼味道，她想像不出來，現在手裡剛剝出來一顆，她直接丟嘴裡去了。

人生頭一次吃荔枝啊……

真是清甜淡香，果肉白嫩多汁還解渴。南溪忍不住又剝了幾顆吃掉。

難怪能賣十幾文一斤，味道真不錯。

她手上動作快了些，剝了一大碗，然後突然叫了二丫。

「啊？唔！」

嘴裡被塞了一顆荔枝的二丫眼睛瞪得溜圓，好一會兒才反應過來吃的是什麼，一時都顧不上說話。

雖然這東西貴，可現在都到嘴裡了，吐出來又不能用。二丫只好將它吃了。

「好丫頭，等這筐剝完了，給妳五顆自己吃。」

說完，南溪便端著碗去有池子的那間屋。兩座大池子現在都裝得滿滿當當，都是在發酵的蜀黍，俞涼和十五正在攪和。

因為這間屋主要是用來發酵糧食，所以窗戶幾乎沒怎麼開過，屋子裡悶熱異常，兩個人脖子上的汗巾都濕透了。

「這裡很熱，妳進來做什麼？有事在外面說就好。」

「來犒勞犒勞你，這不是心疼你嘛。」

南溪餵了兩顆荔枝給他，正好解解渴。一轉頭看到十五眼巴巴地瞧著碗，嚥了好幾次口水。

她沒把十五當下人看，就當成一般的長工，所以這碗荔枝當然也有他的份。

「十五，你想吃就自己拿。」

「啊？喔！好！」

十五還知道擦擦手才伸手拿，一顆圓滾滾的荔枝就這麼進了嘴，然後被他狠狠一咬。

「啊！」

南溪驚得差點把碗摔掉。「天啊，你怎麼……慢點吃，小口吃啊！牙怎麼樣？有沒有咬壞啊？」

十五含著一泡眼淚搖搖頭，牙痛得厲害卻又捨不得將嘴裡的荔枝吐出來，好一會兒才把果肉吃進去，吐了核。

一旁盯著的兩人這才鬆了一口氣。

吃荔枝差點把牙都賠上，南溪感到好氣又好笑，多給了他兩顆。

想想也是挺心酸的，他應該和自己一樣從來沒有吃過荔枝吧。

「十五啊，下回吃東西別這麼莽了，很多東西要細嚼慢嚥。就像魚一樣，那麼多刺，照你這樣吃，你的喉嚨都要通風了。還有這水果，果子一般都有核，吃了外面的果肉，裡頭的核要吐掉。」

十五連連點頭，也不知有沒有聽進去，反正吃荔枝吃得挺開心的。

南溪被熱出了一身汗，轉頭拿著最後兩顆去灶房給小牛，然後才坐到二丫旁邊專心跟她一起剝荔枝。

兩人認真地剝了半日，才剝不到一百斤。手都剝破皮了，一陣陣鑽心的疼。

南溪看看自己的手，再看看二丫的，人家只是紅了點，突然覺得自己有些沒用。

「別剝了，一會兒下午妳看著鍋裡蒸酒，我讓十五還有小牛來剝。」

南溪痛快地將剝荔枝的工作交出去。下午便和二丫在灶房裡蒸酒。

她只需要嚐嚐味道，確定頭酒和尾酒，若滿了，叫一聲就有人過來把酒水提走倒進缸裡去，酒糟也不用她盛出來。

這種只動嘴不動手的日子，還真是很瀟灑。

第二十六章

李大牛一家最近的日子真是越來越不舒坦了。以前兩個小孩在家，天天罵他們吃白飯，可幾乎都是兩娃做家務。

現在兩娃都去酒坊幹活了，家裡髒衣裳得自己洗，飯得自己做，地得自己掃，還有柴火也得自己撿回來劈。

李大牛一個大男人當然不會幹這些，所以這些事都落到他媳婦白氏身上。

從早上一睜眼起來就要忙，加上還有個不省心的娃。短短一個月的時間，乾淨又富態的白氏就被煩亂的家務折騰得老了好幾歲。哪怕是拿到兄妹倆一個月的工錢，她也沒高興幾分。

她當然是後悔了，所以最近一直纏著李大牛把二丫弄回家。二丫頭年紀小，但煮飯、洗衣裳、掃地都很會做，有她在，自己能輕鬆很多。

「這好像不行，當初我都跟人摁了手印。要是把二丫頭叫回來，要賠好大筆錢呢。」

「賠多少？」

李大牛伸出個巴掌來。

「五百文？」

「不，是五十兩。」

白氏倒吸一口涼氣，五十兩？

「她搶錢啊！五十兩？都是鄉里鄉親的，她怎麼敢收這樣的錢。我不信，明兒我就上門要二丫頭去。」

李大牛勸不住也就隨她了，左右叫不回來也不虧什麼。若是真叫回來又不用賠錢，那就皆大歡喜了。

家裡少了個娃還真不行，媳婦最近老了許多，還天天在家念叨。二丫回來幹活，她就能消停。

隔天，白氏一早便跟著兄妹倆一起到酒坊裡。

這時候酒坊裡只有十五，他剛開了門還在做打掃工作。聽到白氏叫他，理都沒理，氣得白氏一個人罵了好一會兒。

一個卑賤的下人而已，她自覺高人一等。

「吵什麼呢？一大早就鬧事，這是想和我們家結仇呀？」

南溪在家沒等著兩個娃，想著他們肯定是到酒坊，她便拿著早飯過來，誰知剛到附近就聽到白氏罵人的聲音。

「白嬸嬸，我是開門要做買賣的。妳往這兒一站，罵人那麼凶，等下把我客人嚇跑了，怎麼辦？」

白氏訕訕住嘴了，沒再提十五的事。她把身旁紅著眼的二丫往院子裡一推。

「南丫頭，我今天來是想跟妳說一聲，二丫往後不在妳這兒幹活了。當然，小牛還是繼續在這裡。」

一旁的小牛攥緊拳頭，眼睛也是紅紅的。

南溪揉了揉不甚清醒的眼，突然熱情地拉上白氏的手，笑道：「這丫頭啊，幹活不俐落，我早就不想用她了。白嬸嬸，妳趕緊把錢給我，人領回去吧。」

「啥、啥錢？」

「當然是那五十兩啊！我和李叔叔簽的契約，難道妳不知道？這東西我有一份，李叔叔有一份，里正爺爺那兒還有一份。拿到官府去打官司，我也是不怕的。」南溪笑咪咪地望著白氏，伸手找她要錢。「五十兩銀子拿來，這小丫頭，妳想領就領吧。」

白氏狠狠瞪了二丫一眼，一路上說了那麼多讓她主動辭工的話，結果到了這兒，屁都不敢放一個，真是窩囊！

「其實不用五十兩，白嬸嬸我瞧著妳可比二丫伶俐多了。不如妳來我這兒幹活怎麼樣？每天就劈柴、燒火、提水、掃地、做飯等等。」

白氏翻了個白眼，這一連串的活兒聽著就令人難受，她才不會來做。

可五十兩銀子，家裡又沒銀子……

「哎呀，我突然想起來，我家小寶早上還沒吃飯，一會兒該餓哭了。我先回去了，二丫頭，妳好好幹。」

白氏一把將二丫推到南溪那邊，自己還伸手想順走一個饅頭。

吃的東西，十五看得可緊了，一見她這樣，立刻拿掃把朝她拍過去。

明面上打女人的男人還是少數，白氏被嚇得立刻縮回手，罵罵咧咧地出了酒坊。

白氏一走，二丫才抱著南溪「哇」一聲哭出來，哭得很傷心。

小牛也在一旁掉眼淚，他是真的害怕二丫會被帶回去。

在南家幹活有時候也會累，可是他們過得很開心。沒有人打罵，每天還能吃飽，這樣的日子擁有過，誰又想失去呢？

小牛看著白氏那模糊的背影，心裡頭有個念頭變得越來越強烈。

他一定要帶著妹妹離開那個家……

「好啦，別哭了，都哭成小花貓了。快來吃早飯，吃完還要幹活呢。」

南溪幫小丫頭擦了眼淚，哄著兩娃先填飽肚子。

今天這事說到底她只是個外人，想幫忙也只能幫著攔三年，心裡還挺不好受的。

正想著一會兒好好安慰二丫，突然眼睛瞥到十五將一個饅頭悄悄放到小牛的位子。如果她沒有記錯的話，剛剛那個饅頭被白氏摸過……

因為早上這一件事，今日酒坊裡安靜許多，大家各自忙著各自的活兒，只有必要的時候，南溪才會提醒幾句。

剝好的荔枝已經都泡到酒缸裡，加了些糖和燒酒，放上三個月就可以了。這一泡就去了兩百多斤燒酒，好在接下來要泡的桂圓酒，用的是米酒。正好新做的那批糯米酒已經成了，直接就能用。

半個月後，羅全父子倆來送糧拉酒了，順便瞧了瞧未來的外甥女婿。儘管以前也見過，但現在身分不一樣了，有些話也是現在才可以說。不知道他們說了什麼，從屋子裡出來的時候，父子倆的眼都有些紅了。說完話才開始裝酒，直接裝走三百斤，酒坊幾乎都要被掏空了。

要不是酒坊建好之初已經開始大量準備，現在一拿走三百斤，估計酒坊就要關門一陣子了。

如今酒坊裡還剩幾十斤，等明日蜀黍發酵完，再蒸酒就是。

南溪摸著表哥給的銀兩，喜孜孜地又去訂了二兩銀子的桂圓。

桂圓酒補氣益血還能安神，這樣的好酒，有銀子當然多做些。等過了這個季節，又要等下一年了。

家裡的銀子怎麼花沒有人會過問，但南溪還是和俞涼說了一聲。

俞涼很支持，甚至還問她要不要把剩下的幾百文也拿去訂果子。

「咦？你對我這麼有信心嗎？你就不怕桂圓酒到時候賣不好？」

「肯定會好賣的！我都打聽過了，目前至少南黎府和咱們島上是沒什麼果酒的。只聽說過有一種葡萄酒，很貴，而且從西域送過來幾乎都進了宮，或者到那些達官貴族的府上。南黎離得遠，沒那種酒可以買。而且妳釀的酒那麼好喝，不用想就知道是好東西，所以放心大膽地買果子吧。」

這話倒是讓南溪小小地吃驚了下，她實在沒想到俞涼居然還打聽了這些。

「那我可真買啦！」

錯過了這一回，新鮮的桂圓、荔枝只能等明年再買。南溪私心想多買些來做。芒果酒兩百文一斤都賣得出去，相信荔枝、桂圓也不會太差。

等過幾日開了橙子酒，她便帶去給余陶嚐嚐，讓自家果酒徹底在他那兒留個印象。

芒果酒都賣到一兩銀子一壺了，荔枝、桂圓酒怎麼也能賣個幾百文吧？

其實她的消息還是落後了，現在的南黎城裡，一壺芒果酒可不止一兩銀子。所謂物以稀為貴，芒果酒便是如此。

路家除了自留的十來斤，其他全都放到名下酒樓售賣。一開始賣得還便宜，等名氣一打開，立刻漲價了。

沒辦法，就那一百來斤，今年獨有的份，賣完就沒了，想喝得再等一年呢！

所以現在芒果酒已經漲到五十兩一壺，還有人搶著買。

老爺夫人們不在乎漲價的那點銀子，他們只在乎這酒買回去能不能漲面子。

路長明翻著酒水的帳簿覺得有點意思，想起余陶上次回信時說芒果酒已經沒了，但南家酒坊裡還有橙子酒，不過要等九月才能開。

現在差不多可以了，那家的芒果酒都這般出色，橙子酒不知又是個什麼滋味，倒是滿期待的。

於是，一封信很快地又傳到余陶手上。

余陶表示明白東家的意思，轉頭將自己盯著的活兒交給一個小管事，自己一個人下了山。

酒坊就在山腳下倒是很方便，余陶到的時候正好看到南溪給客人打完酒在收錢。

「徐阿伯慢走。欸？余叔叔，怎麼有空下山了，找我有事嗎？」

「是有事，想問問妳那橙子酒如今可開了？」

橙子酒！

南溪心頭一跳，余陶竟然主動來問。

「這些日子太忙都差點忘了，是可以開了。余叔叔你要買？」

余陶點頭，但話也沒說太滿。

「想買一點來嚐嚐。酒在這裡？」

「沒呢，滿滿兩缸不太好挪動，還放在家裡。要不你現在跟我回家去瞧瞧？」

這可是個大主顧，南溪還是願意花點時間在他身上。

余陶當然同意了。

芒果酒這次賣得火熱，東家已經記了他一功，若是橙子酒也很好，那他可是為路氏找了一家非常不錯的供酒商，受益可不是一年、兩年，功勞可大了。搞不好心心念念的宅子，今年就能拿下，所以余陶對此事十分上心，剛進院子便催著南溪開酒缸。

「這麼熱的天，余叔叔先坐著搧搧風、喝口水，我去打水洗個臉。」

南溪可不想自己滿臉汗去開酒缸，到時候汗滴進酒裡，那就不好了。

舒舒服服地洗了臉和手，她才去拿盛酒的工具到小屋子裡。

如今小屋子裡只剩下兩個大酒缸和幾個小缸子，瞧著空蕩蕩的還真不習慣。

「余叔叔，你幫我拿下碗。」

南溪把東西放到余陶手上，然後小心翼翼地揭開酒封。

一陣濃烈的酒氣過後便是淡淡的橙香，聞著氣味不賴。盛出來一瞧顏色，比芒果酒的略淺些，非常漂亮。酒水中帶著一點碎橙子，這還得濾一下才能賣。

「余叔叔嚐嚐？」

南溪把第一口酒讓給了「肥羊」。

「這酒……」

余陶淺抿了一口，很是享受地瞇了瞇眼，心中暗道真是不錯啊。

雖然果香沒有芒果酒濃郁，但這種淡淡的味道更讓他喜歡。而且這酒酸甜酸甜的，宴席上喝幾口，爽口又解膩。

「溪丫頭，妳給我打上十斤，我送到東家那兒給他嚐嚐，若是他點頭，路家直接就全買了。」

那可省太多事了。

一聽這話，南溪心裡忍不住地高興。

余陶是個見多識廣的人，必定是他認為的好東西才會送到東家面前。看來橙子酒很有希望，和芒果酒一樣啊……

「余叔叔，我現在去打酒。不過裡頭雜物還有不少，要濾一濾，估摸著要等兩刻鐘左右。」

這點時間無所謂，余陶乖乖坐到外頭院子等，順便將那碗裡剩下的橙子酒喝完。

盧氏和南澤見要濾酒，連忙都進屋幫忙。

三人正濾著酒，南澤突然小聲問道：「阿姊，這橙子酒，咱們賣多少錢一斤呢？」

南溪頓了頓，她有和大個子商量過，肯定不能幾十文賣了，畢竟果酒現在還挺稀有的，而且家裡做的量也不是很多。

芒果酒已經證明了果酒的市場，這回的橙子酒，價錢一定要提上去。

「先賣他兩百文一斤，若是還想買後面的，那就得漲價。」

不光是橙子酒，芒果酒明年也要漲價。每次一想到芒果酒被路家賣那麼貴，她就心癢難耐，兩百文實在太虧了。

南溪提著濾好的十斤橙子酒出去放到桌上，這才說起價錢。

「余叔叔，這橙子酒暫定兩百文一斤，有點貴喔！」

「暫定……」余陶突然笑了笑，心中頓時明白了。「小丫頭挺會做買賣的啊。我想問，要是我們東家覺得這酒不錯想全買下，那妳會定什麼價錢？」

這個南溪早就想過了，想都沒想就答道：「就現在芒果酒的一半吧。」

一半也才五百文到一兩，她覺得這個價錢還是很合適的。

可旁邊的余陶聽完卻驚得嘴角都在抽搐，是他耳朵聽錯了嗎？

「丫頭，妳還真敢開口，二十多兩銀子買一斤果酒，除非東家瘋了。」

「啥？二十多兩！」

院子裡三個人都驚呆了。

這個價錢簡直高到讓人無法理解的程度。

南溪好半天才找回了自己的聲音。

「咳……價錢還是先不談了，等路家主嚐過酒水有決定了再說吧。麻煩余叔叔了……」

一家子客客氣氣地將人送出去。等人走遠了才關上門，幾人激動到手都在抖。

「溪丫頭，剛剛咱們沒聽錯吧，余陶說一半的價錢是二十多兩，那一斤豈不是要賣到四、五十兩？」

盧氏感覺自己呼吸都不順暢了，怎麼會賣那麼多錢！

「阿姊，芒果酒要是真的賣那麼貴，咱們才賣兩百文一斤，豈不是虧大了？」

南溪心情也很激動，不過她很快冷靜下來，摸著弟弟的頭說道理。

「虧是肯定虧了些，但沒有虧得那麼大。那些芒果酒之所以能賣那麼貴，大半原因還是因為路氏賣的。咱們自己賣，恐怕兩百文都賣不到呢。」

她還是很有自知之明，芒果酒賣那麼貴，酒水好喝只是小部分原因。

所以，路家這頭大肥羊一定要拿下才行，她後面還有挺多果酒呢。

「好啦，這事別在外人面前說，咱們自己知道就行了。」

南澤點點頭，嘴巴抿得緊緊的。眼看著姊姊又要去酒坊幹活，他連忙伸手抓住姊姊的衣袖。

「阿姊，妳瞧我現在走路都很平穩了，什麼時候能開始幹活啊？」

話剛說完，盧氏便在後頭拆他的臺。

「哪有很平穩？方才還差點兒摔了。小澤，你這腿急不得，得慢慢來。不過兩根枴杖倒是可以換成一根了。」

「我……」

南溪瞧著弟弟說不出話來的樣子頓時笑了，她知道弟弟這幾個月是真憋壞了。

「我覺得盧嬸嬸說得有道理，你這腿還是得慢慢來。不過我看你一根枴杖也用得挺好的，那可以杵著一根先試試。你可以到海灘邊轉一轉，趕趕海，也可以慢慢走到小夥伴家裡玩兩個時辰。反正你自己注意腿就是。」

一聽可以自己出門了，南澤高興到差點跳起來。

「阿姊我肯定聽話！」

「乖。」

南溪擺擺手又回到酒坊裡和他們一起幹活。

橙子酒，當天晚上便到了路長明的桌上。

因為上回芒果酒賣得十分不錯，這回送來橙子酒，總管事沒敢耽擱，一拿到就送入主家的書房裡。

「啊，是那南家酒坊的橙子酒。」

路長明立刻放下手裡的圖冊，自己倒了一杯酒出來。聞著味兒確實是橙子，但香氣沒有芒果那樣濃郁。喝一口細品了下，他瞇著眼好一會兒才回神，又給自己倒了一杯。

這橙子酒，味兒不夠烈，可清清爽爽的勁兒是真舒服。酸甜酸甜的，正好解了他晚飯吃肘子的膩。若是再冰鎮一下，那就更完美了。

路長明一邊看著圖冊，一邊慢悠悠喝著酒，不知不覺竟喝光了一壺。

「余陶這回一共送來了多少斤橙子酒？」

總管事忙回答道：「一共十斤，現在還剩九斤。」

怎這麼少……

路長明皺了皺眉頭，提筆開始寫回信。寫完交給總管事讓他送出去，順便讓他把剩下的橙子酒送一些給夫人少爺們嚐嚐鮮。

總管事立刻收了酒具退下開始忙活，很快橙子酒便送到當家夫人和路小少爺的院子裡。

上回送芒果酒的時候，大家都沒怎麼當回事，等嚐到了味兒再想多喝些的時候又不能暢飲了。所以這回酒一送去，不管是夫人還是少爺都很給面子，立刻倒出來嚐了嚐。

路夫人一喝便喜歡上了，立刻又要了兩壺。

這酒啊，其實路長明喝上兩口便能品出它能不能賣錢，所以這回他對余陶的要求仍舊是買下南家所有的果酒。

於是第二天收到信的余陶直接帶著人和推車到了南家門口。

南溪正在家等消息，一聽見余陶的聲音立刻將人請進門。

「余叔叔，這麼大陣仗，看來你們要買的酒不少哇。」

「哈哈，還是你們家的酒好啊。」

余陶心知肚明馬上要談價錢，估計在這丫頭身上占不到什麼便宜，而且果酒在路家手裡確實賣得很貴，之前南家是吃了虧的。所以他這回還挺有誠意，直接報價漲了兩百文，也就是四百文一斤。

南溪心裡其實是願意的，但誰會嫌錢多？尤其是現在荔枝和桂圓的果期還沒過，多賺點錢正好還能加幾缸。

「余叔叔，我都知道果酒在你們路家手裡能賣多少了。你們四百文錢一斤從我這兒買走，一轉手就賣幾十兩，我這心裡不平衡啊。」

她這樣直白，余陶都有些替她臉紅。

「那妳想賣多少錢一斤？」

南溪眼珠滴溜溜地轉，好一會兒才語出驚人道：「我覺得八這個數字非常吉利，八同發，咱們定個八，大家一起發如何？」

余陶「嘶」一聲。好傢伙，這丫頭可真能漲價，直接翻倍漲。

「八百文一斤的酒有些貴了，橙子酒雖稀罕可還沒有打出名頭，也不知道會不會好賣。這價錢我可不敢答應。」

也就是說路家主定的價錢應該在八百文以下。

「那還是余叔叔你說價。你說出來我覺得不行再談，總能商量出個合適的價錢。」

南溪熱情地去抱了顆椰子出來，剖開來遞給余陶。一旁的盧氏也拿碗出來給門口的夥計們倒水喝。

人家這笑盈盈還熱情的招呼，余陶不好壓得太狠，說了五百的價錢。

南溪沒答應，硬是又加了一百文。

「就六百，六六大順多好聽。」

行吧，講了半個時辰，口都乾了。他一邊喝椰汁，一邊叫夥計進來幫忙秤酒。

一家子笑得眼睛都瞇成縫了。

昨天晚上一家子可是濾出兩百斤酒，成本卻很少。因為橙子都是自家樹上的，沒花錢。

這樣六百文錢一斤賣出去，算算，兩百斤就是……

天啊！兩百斤就是一百二十兩，居然那麼多錢嗎？

南溪猛掐了自己一把，生怕自己犯傻把酒秤錯了，連忙專心幹起活。

半個時辰後，橙子酒除了零碎的十來斤，其他的一百九十斤都賣給路家，已經裝到推車上準備推走去坐船了。

余陶背對著大門口，拿了兩張銀票給南溪。一張一百兩，一張十兩，其餘是碎銀子。貨真價實的銀票。

「小丫頭，真能幹啊。這錢掙的比我都多了。」

「嘿嘿，都是生活所迫呀！」

南溪喜孜孜地將銀票揣進懷裡，送著余陶到門口，正準備說點送別的話，突然想起一事。

「對了，余叔叔，我最近又做了荔枝酒和桂圓酒，差不多三個月就能開缸。到時候若是有興趣，可以來嚐嚐喔！」

余陶震驚。

先是芒果酒，接著是橙子酒，這兩種酒已經很新穎了，現在居然還有荔枝酒和桂圓酒！

他不知道桂圓酒好不好賣，但荔枝酒若是釀好了，絕對好賣。

現在都城的豪門貴冑們想吃口荔枝，得帶著冰盒一路快馬加鞭送進去。即使如此，還是有非常多人吃不到。許多水果包括荔枝在京都價錢都很貴，若是有一款荔枝味的果酒賣起來……

余陶思及此，立刻回去又寫了封信，隨著橙子酒送到南黎府去。

他一走，院子裡的三個人立刻高興得跟孩子似的抱在一起樂個不停。

一百多兩啊，這是姊弟倆賣酒掙到的最大一筆錢。

「阿姊，我能摸摸一百兩的銀票嗎？」

南溪剛要答應掏銀票，突然就聽到院子外有人在叫她的名字。

這又是誰？

盧氏也沒聽出來，乾脆走到門口開門，探個頭去問道：「你們找南溪做什麼？」

「哦！是這樣，我是山腳下那座在建的酒樓二掌櫃，我姓姚，平時主要負責採買。我嚐過你們南家酒坊的燒酒確實滋味不錯，所以想來找南家的當家，談談供應酒樓的事。」

南溪一聽，立刻將銀票往裡塞了塞，一臉笑地將人請進院子。

送上門的買賣啊，當然要牢牢攥住。

「姚掌櫃，山下有好幾處在動工，你們是哪個酒樓啊？」

「就最西邊那個，位置不是很好但勝在出門方便，走不遠就是大道。我們動工最晚，估計還有大半月才能完工，不過該準備的還是得準備。」

本來是想等建成那幾日來這兒買酒，可誰知路家竟然先下手了，之前就聽說買了好些，方才又抬了兩大缸離開。他若是再不下手，難保好喝的酒水都叫路家買光了。

「南溪丫頭，我想買路家從妳手上買的那種酒。」

南溪一挑眉，很是無奈道：「余叔叔已經全買了，剛剛他出去拉走那麼多，你沒看到？」

姚掌櫃尷尬地笑了笑，看是看到的，那看得又不全面，誰知道裡頭是什麼酒。

「丫頭，我可好奇了，余陶買的是什麼酒啊？多少錢一斤？」

南溪比了個六，想起自己一共賺了多少錢，實在沒忍住，咧嘴笑了笑。

「買的都是果酒，統一這個價。可惜沒貨了。」

姚掌櫃有些驚訝。

「居然賣六十文，妳家酒有點貴啊……」

「不不不，是六百文一斤。」

姚掌櫃聽完價錢頓時心癢難耐，都顧不上震驚就著急問道：「不知那六百文一斤的是什麼酒？在下能否買一斤嚐一嚐？」

別說什麼賣光了，他是不信的。再怎麼樣，南家都會給自家留一點。

南溪本想拒絕，可轉念一想，自家現在供不上果酒，不代表以後也供不上，給這位姚掌櫃嚐嚐也沒關係。

於是她轉頭去秤了一斤橙子酒出來。

姚掌櫃打開一聞，頓時大為震驚。前些時候南黎那邊突然冒出芒果酒，出了一陣風頭，他也知道這種果酒很稀罕。大東家找人打聽了很久，都沒有打聽出芒果酒的來源。

但現在他好像知道了……

「敢問南姑娘，這酒可是用橙子釀的？」

「是的。」

南溪笑咪咪地收下六百文錢，轉頭又推銷起自家的燒酒。果酒量不多，燒酒現在卻好做。尤其是酒坊現在存酒的地方大了那麼多，只要勤快些，再來幾家大肥羊都能供應上。

姚掌櫃最後訂了一百斤的燒酒，說好下午帶著人去酒坊取酒。

將人送走了之後，南溪才回屋把今日收的錢都放進小箱子裡。幾乎空掉的錢袋賣完果酒又變得滿滿當當。這一百多兩來得真是時候。

南溪回到酒坊和俞涼商量了下，決定再去採買一批荔枝和桂圓。不過白家那邊已經賣完了，只能找別家買。品質是一定不能差的。

這個俞涼說他去打聽，南溪便不管了。

眼下還是多做些燒酒和米酒出來才好，等果子一收回來，剝皮弄好就能泡上。

這樣一來，酒坊裡就非常忙碌。灶房裡的火幾乎沒斷過，糧食蒸了一鍋又一鍋，很快便將家裡存的那些蜀黍煮光了。

為此南溪還特地傳信給舅舅，讓他特地空出一天幫家裡多採買些糧食。

短短半個月，南溪便瘦了不少，酒坊裡其他人也累瘦了些。好在她捨得花錢買肉，伙食好，人也就沒那麼虛了。

第二十七章

今天難得休息一日，因為南溪要去喝春芽的喜酒。她自己休息，順便也讓酒坊裡的幾人放了假。

不過十五是沒得休息，他得守在酒坊裡。二丫和小牛也不願意休息，因為回家只會更累。索性便讓他們在酒坊裡和十五一起賣酒。

兜了一圈，就俞涼和她閒下來了。正好春芽也有邀請他，兩人便一起去林家。

今日林家大喜，來了許多和他們家交好的人，一個院子還坐不下，連外頭的道上都擺了桌子。

南溪包了五十文的禮錢，俞涼也一樣給五十文。比村民們多個二十文左右，不出挑也不會顯得太少。兩人沒坐同一桌但離得不遠，說好吃完飯一起回去。

天色暗下來的時候，新娘到了林家，拜完堂後被送進新房。這時才開始上菜吃飯。

林家這喜宴辦得大氣，有不少肉還有酒。燒酒正是在南家買的，南溪吃著菜也喝了一點點。

本來是不會醉的，但有一道酒釀圓子，她沒注意是米酒做的，喝了不少。最後散席的時候便有些頭暈了。

她下意識側頭去看俞涼那桌，只聽見一陣陣勸酒聲，好像是在給俞涼勸酒。

腦袋迷迷糊糊的南溪起身想走過去，突然一個大娘靠過來扶住她，十分熱情道：「南ㄚ頭，我瞧著妳喝醉了，我扶妳回去吧。」

「不、不用了。我和俞涼一起回。」說完，她便大聲叫了俞涼。

俞涼應了一聲，立刻朝她走過來。「小溪，妳喝多了？」

「一點點，有點暈，咱們回去吧？」

俞涼應了聲好，轉頭去席上說了一聲。因為桌上有兩位長輩方才還在和他說話，臨走還是要打個招呼。

今日這桌感覺有些不太對，幾個人一直勸酒，要不是他酒量好，今日肯定得喝醉。他不愛這場面，還是陪小溪回家比較好。

他剛說要走，一桌吃飯的幾人便不高興了。

「俞涼，哪有你這樣喝一半跑掉的，咱們好不容易才聚一聚。」

「就是啊，二叔公他們喝得正起勁呢。」

話音剛落，二叔公便醉醺醺的起來吵著要回家。一桌子人真有幾個喝醉的，沒有喝醉也在裝醉，要俞涼送二叔公他們回去。

俞涼沒辦法，轉頭又回來和南溪說了聲，讓她在林家門口等他，他很快回來接。

南溪聽得迷迷糊糊的，這會兒酒勁上頭，什麼也記不住。聽到身邊大娘說俞涼送人去了，便老老實實扶著她回南家。

林家和南家很近，要不是她這會兒酒勁上頭加上天黑，她是不會麻煩人送的。

「大娘，我家就、就在前面了，多謝，回吧……」

南溪想鬆手，結果那大娘卻抓得她緊緊的。不等她漿糊一樣的腦子想出所以然來，一道男人的聲音小聲在前頭響起。

「我在這兒……」

聲音有點熟，她一時沒想起來是誰，直到自己的手被放到男人手上，一聲噁心的「小溪妹妹」瞬間讓她想起來是誰。

那個阿才哥！

南溪感覺不太妙，可身上又沒力氣，張嘴想叫人，突然嘴巴也被捂住了。

「小溪妹妹，妳乖乖的，等今晚過了……」

于茂才話還沒說完，突然聽到一聲暴喝。「放開她！」

接著他便感覺後背一陣劇痛，他被人一腳踹開了。

俞涼接過人摟到懷裡，心這才踏實了些。方才那幾人都叫自己送二叔公回家，可他不放心南溪，轉頭去找林家的人幫忙送。也就傳個話的工夫，再出來，門口就沒人了。一路追上來就瞧見一個男的捂住心上人的嘴，這叫他如何能忍。

「妳乖乖坐著，別怕。」

天黑黑的，只有月光能看清一二。他不知道這個男人是誰，但這個男人該打！

俞涼追上去抓著人就是一頓揍，尤其是兩隻手，直接被他打折了。

「再被我抓到你來騷擾小溪，小心你的狗腿。」

「啊！」

于茂才慘叫一聲，不遠處好像有人聽到動靜過來了。

俞涼直接抱起南溪在附近繞了一圈，確定後面沒人，這才回到南家。

半路上還擔心嚇著她，結果到家一看，小丫頭已經歪在他懷裡睡著了。

「喲，這是喝多了？」

「今天春芽大喜，小溪跟她關係好，多喝了點。阿娘我去打些水來，一會兒妳幫她擦一擦。」

俞涼不打算告訴阿娘剛剛發生的事，也不怕那人找上門來。這大半夜的，他躲在路邊偷襲姑娘家本就是樁醜事，挨打也是活該。

家裡有阿娘和小澤在，應該是沒事的。可他還是不放心，搭了兩條板凳在院子裡睡了一晚。

露天睡一晚，俞涼身上被蚊子叮得密密麻麻都是疙瘩，第二天一早嚇了南溪一跳。

「你傻啊你，不會去小澤屋子裡睡？」

俞涼嘿嘿笑了笑，他沒說自己主要是擔心有人爬牆進來。

「昨天晚上的事，妳還記得嗎？」

南溪皺了下眉頭，盧嬸嬸說她昨晚喝醉了。

「昨晚我幹啥了？欺負你了？」

不應該吧，聽說自己喝醉後很乖呀，不吵也不鬧。她不記得了。

俞涼本來想瞞著，可又想著該告訴她，讓她心裡有點防備，於是把昨晚發生的事原原本本說了一遍。

「一會兒我出去村裡打聽，看看昨晚誰受傷了，回來咱們再商量。」

南溪腦子裡突然跳出個人名來。

于茂才……會是他嗎？

一個讀書人，就算再不要臉也不該幹出這種事吧？書都唸到狗肚子裡去了嗎？

南溪不知為何腦子裡會冒出這個人，她也不想僅憑猜測就定下結論，於是自己也趁著出去倒恭桶的時候打聽了下。

別的什麼也沒打聽出來，只是聽說小魚昨夜突然發燒，請了苗大夫。大夫確實是去了，至於是不是小魚發燒，那就不好說了。

南溪在村子裡轉了一圈，沒打聽到別的，轉頭準備回家。路過白老闆家時，居然看到阿毛娘很是殷勤地和白夫人說話，然後進了白家門。

腦子裡有什麼一閃而過，等她走回家看到盧嬸嬸在院子裡搓洗衣裳時，這才想起來。

先前自己去白家訂購荔枝、桂圓的時候，看到院子裡有個婦人在洗衣裳，那時以為是白家奴僕，現在想來應當是白家在村裡雇了洗衣裳的人。

那個人就是阿毛他娘！

當時自己和白老闆談買賣，說了不少和銀錢相關的訊息。

阿毛娘肯定把她和白老闆說的話都聽進去了，知道她的酒賣了很多錢，又心動了。於是，想趁著她酒醉時和于茂才湊一堆幹點什麼事，然後鬧起來，讓她退掉俞涼的婚事，轉頭嫁到于家去。

昨晚那個扶著自己出門的大娘是誰來著？不管是誰，多半也是她叫來的。

這人可真是打了一手好算盤，昨晚她還真的差點被人帶走了。

南溪想了想都覺得後怕，當時自己已經喝醉，真要是被男人帶走做點什麼，估計也反抗不了。

這裡的人將女子的名節看得很重，她和俞涼已經訂親了都不能常獨處，更何況是跟個野男人卿卿我我。

到時候自己和俞涼的婚事肯定得黃了。

豈有此理，太卑鄙了！

這口氣她嚥不下去！

南溪氣呼呼回到家，正好遇上俞涼也從外頭回來。兩人躲著盧氏說了點悄悄話，互相交流了下打聽來的消息。

俞涼親自去苗大夫那兒仔細打聽了下，他的消息比較全。

「昨晚確實是那于茂才受了傷，于家不想傳揚開便謊稱是小魚發熱請大夫。苗大夫說于茂才右手骨折了，要養兩個月才能好，別的地方都是小傷。」

「啊？右手骨折了……你打的？」

俞涼點頭承認，絲毫不悔的模樣，真是招人稀罕。

南溪笑了笑，突然又愁道：「那于茂才可是個讀書人，現在右手骨折了，肯定不會善罷甘休的。」

一雙手對讀書人可太重要了，尤其那于家是傾盡全家之力在供養于茂才。阿毛娘可不是個以德報怨的人……

「妳放心，有我看著。于家人要是敢來鬧事，我直接丟出去，或者打一頓。」

俞淙說得認真，南溪聽完還真是安心不少。不過等于家反應，那太被動了，她得主動想別的法子解決于家這個麻煩。

下午，南溪藉著要買糖的理由去了一趟縣裡。隨便找幾人打聽到和熙書院的位置。

縣城裡有不少學堂，但書院就唯有一家。阿毛娘沒少在村子裡吹噓自己兒子多厲害，據說是名列前茅，非常有希望明年考上秀才。小魚也說過幾回，南溪她便記了下來。

現在正好到書院打聽于茂才這人的情況。

南溪抱著椰子，頂著大太陽一路找過去。剛到書院附近，就看到大路邊的樟樹下有兩人在拉拉扯扯。

「門房兄弟，我真的有要緊事找阿才哥。你就收了這十文錢吧，幫我叫他出來？」

「哎呀，我都說了于茂才不在。不在，我怎麼叫他出來嘛！」

「怎麼可能呢？他前些日子說好只回去兩日，他那麼惦記學業，昨日就該回來了，是不是你看漏了呢，你進去幫我叫人？」

青衣女子不依不饒非要門房進書院裡頭叫人。門房堅持不肯，只說于茂才沒有回來。

天氣炎熱，兩人說得口乾舌燥，突然那姑娘轉頭嘔了兩聲，右手還下意識捂著肚子。

這情況……村裡有孕的女人經常這樣。

南溪萬萬沒想到只是來打聽消息，居然撞見這樣不得了的場面。
那邊兩人還在糾纏，南溪趕緊一口氣喝完椰汁小跑過去。
「打擾一下，你們書院的學子請假，可以直接在門房這裡報備嗎？」
門房點點頭，問她要幫誰請假。
南溪張口就說出于茂才的名字。
那青衣姑娘眼神像刀一樣插到她的身上，上上下下打量一番才不屑地開口問道：「妳是阿才哥什麼人？憑什麼來幫他請假。」
南溪像是沒看見她用眼神凌遲自己一樣，好聲好氣地回答道：「我只是他的同村人，因為今日來鎮上買東西，他家裡人便託我來學院替他請假。」
聽到是這個原因，青衣姑娘眼神立刻變得和緩，連忙鬆開門房的手，改成抓南溪的。
「好妹妹，阿才哥他怎麼了？怎麼突然就要請假了呢？」
「哎呀，姑娘，妳不知道，昨晚我們村裡有戶人家辦喜事，好多人都去喝酒了。阿才哥好像喝得有點醉，回去的時候在路上不知跟誰發生了爭執，結果被打了一頓。傷得可嚴重了，現在都起不了身，所以我才來幫忙請個假。」
「啊！他受傷了！」
青衣姑娘抓著南溪，便要她帶路回村裡。

南溪還沒買糖呢，最後看她哭得實在傷心，只能「勉勉強強」答應了。

不過臨走時，南溪還是跑去門房那兒打聽于茂才的學堂成績。

「甲、乙、丙、丁」是書院裡考試打分的標準，而那個于茂才從來沒得過甲。

要說一個門房為什麼會記得這麼清楚，當然是因為得甲的學子或許日後有錦繡前程，平時不說供著，卻也不能得罪。小人物有自己的一套行事標準，得過甲的學子，門房們一個個記得很清楚。

問清楚這些後，南溪便帶著那位名叫綠珠的姑娘準備坐車回村裡了。

誰知那姑娘一看是騾子帶板車，當下便垮了臉。

「坐這車很抖的，我不坐。」

「那妳是要自己走？」

南溪一屁股坐上騾車，非常大方地給她指了一條路。

「喏，從那邊走，沿著大路走上半個時辰後，右拐進中間的那條路走兩刻鐘後，左拐走三刻鐘……」

「停停停！」

綠珠聽得直冒火，走那麼久還不如坐車呢。也不知這丫頭是不是故意的……

「我坐車。」

兩人挨著一起坐在騾車上，等了沒一會兒，車上人就滿了。幾個大娘看到綠珠和南溪說話，順口就問她們是什麼關係。不等南溪解釋，綠珠便自曝是去村裡找于茂才，和南溪根本不熟。

大娘們頓時來了精神。

于茂才在村子裡總是一副讀書人乃神聖不可侵犯的姿態，人家介紹十里八鄉的姑娘，他一個都看不上，大家可都好奇著，他究竟能娶個什麼姑娘。

眼前這個青衣小姑娘，穿的倒是一身好衣裳，頭上也有幾根素釵，手腕上還戴了綠鐲子。那臉蛋白得跟雞蛋似的，手也是白嫩沒有繭子，一看就是富貴人家養的。

難道那于茂才真有那好運道，娶個富家女？

大娘們十分熱情地和綠珠攀談起來，很快就摸清了她的底。原來這綠珠之前是伺候人的，前些時候剛被放回家，現在用自己攢的錢開了小飯館，她爹娘在忙活著。聽說她和于茂才是在那飯館相識的。

大娘們打聽完，好奇心也散了，本來都沒關注她了，結果半道她突然又嘔了幾聲，還特地給錢讓駕車的大爺慢一點。

都是生育過的人，誰還不懂呢？

大家看著她的目光便隱隱透著鄙視。

這個時代未婚便有孕，多的是人吐口水罵不要臉，她們這態度已經算很溫和了。

綠珠心知肚明，沒辦法，誰叫她忍不住會反胃。瞪就瞪吧，又不會少塊肉，只要自己這次上門能跟于茂才把婚事定下來就行。

車輪子響了許久，一車人到了地方便各自下了車。

有鑑於其他大娘對綠珠的態度非常不好，於是她一下車便攔住南溪，可憐巴巴地求她帶個路。

這是小事，南溪很樂意幫忙。要不是她現在身分有一些敏感，她還想跟著去看熱鬧呢！

「綠珠姊啊，我聽妳說的意思，妳和阿才哥是兩情相悅，可他前些時候還在村裡向別人提親，這是怎麼回事呢？」

綠珠腳下一頓，眼神瞬間變得凶狠。不過很快又恢復了無害的模樣。

「可能是我和他吵架的那幾日，他一時衝動了，沒事的。」

王八蛋，敢一邊吊著她，又一邊找別的女人。

綠珠心知于茂才定是嫌棄自己不是處子，一心還想著締結別的姻緣。

呸！惹了她，哪有那麼容易脫身的。

不過這樣也好，是他先對不起她，這回把孩子賴他身上，自己也不會過意不去了。

綠珠跟著南溪走了一會兒，很快就到了于家屋子前面。等她走到近前準備叫人時，一回頭，為她指路的南溪已經沒了身影。

不過管她呢。

「阿才哥，阿才哥……」

于茂才疼了一夜，白日裡好不容易才瞇眼睡一會兒，突然聽見院子裡吵起來了。迷迷糊糊一睜眼，一聲「阿才哥」嚇得他魂都快飛了。

「妳怎麼來我家了？」

綠珠委屈地坐到他身旁，很是「心疼」地一邊替他擦汗，一邊解釋道：「我也是實在沒有辦法……」

于茂才不知為何有些心慌，轉頭一看爹娘，爹娘臉黑得都快趕上鍋底灰了。

「阿才哥，我已經有了三個月的身孕……」

晴天霹靂當頭砸下，于茂才只覺得連呼吸都有些困難了。

「三……三個月？」

「對啊，難不成你忘了。那日你很晚來敲門，說要吃消夜，後來心情不好，點了酒水喝得有些多了，然後……」

綠珠越說，于家兩口子臉便越黑。

他們辛辛苦苦賺錢給兒子是供養他唸書，不是讓他去當大爺下館子和女人風流的！

「阿才！你真是太讓我們失望了！」

于茂才下意識想撐起來解釋，結果不小心碰到右手，疼得鑽心，眼淚都差點掉下來。

綠珠立刻可憐巴巴伏在他身上，哭得很傷心。

「阿才哥，一瞧你痛，我這心也跟著疼了。你要快點好起來，咱們的事可不能拖了……」

「咱們……什麼事？」

「當然是成親的事啊！咱們孩子都有了，總不能讓我去打掉吧？」

阿毛娘黑著臉，直接決定道：「打掉！未婚有孕，簡直丟人，我們于家丟不起這個臉。」

「哦，好。」綠珠十分乾脆地起身。「我這就回去抓藥打胎。聽說三個月大的孩子已經有巴掌大了，到時候打下來，我便裝進碗裡拿到書院門口去問問那些賢師，教了什麼樣的弟子，竟能狠心打掉自己的孩子！」

「欸！別走！」

于家兩口子非常生氣，把門一堵直接將人攔在屋子裡。

「堵著門幹麼，想在這兒弄死我嗎？太遲了，我剛剛可是和你們村裡人一起坐車回來的，人人都知道我來你們家。我阿娘和阿爹也知道是來你們家呢。」

綠珠囂張說完，回頭又柔弱地趴在于茂才身上，嚶嚶說著好害怕。

于茂才哄也不是，應也不是，求助地看著爹娘。

于家兩口子氣得直接一踢凳子，甩門出去了。

綠珠聽到動靜，幽幽地抬起頭，突然溫柔笑道：「阿才哥啊，咱們成親吧。」

于茂才突然打了個冷顫。

今天一整日，南溪的心情都非常不錯。就算她沒能親眼看見，卻也幾乎能想像出來于家現在是什麼場面。

被那綠珠一攪和，于茂才絕對沒工夫再來騷擾自己。村子只怕馬上就要傳起他的風流消息了，想到就痛快。

她以前還擔心于茂才真的有學識會考出功名，畢竟士農工商，士的地位較高，他若考了功名回來對付自己這等小民，絕對是小菜一碟。好在現在不用擔心了，那就是個草包。

于家最近有得亂，她只需要看熱鬧就好。

解決心頭一件十分討厭的事，南溪當然很高興，晚上還讓盧嬸嬸加了一道菜。

當天下午，于家的事情便在村裡傳開了，說得繪聲繪色，彷彿自己親眼扒門縫裡瞧見了。

全村人都知道于茂才就是個偽君子，不好好唸書，跑去勾搭姑娘還搞大了人家的肚子。

雖然隔天于家就放出消息要準備成親了，但村裡人的嘴巴還是沒停下過。

他們又不傻，前些日子才聽說于茂才上南家提親，另一邊又跟縣裡的女人攪和不清，怎麼說都洗不掉他偽君子的真面目。

村裡傳得沸沸揚揚的，後來不知怎的傳到了書院裡頭，于茂才便因為私德有虧被退學了。

這個打擊才是最大的，于家兩口子包括于茂才一夜之間像是老了十歲。

南溪這些日子最舒心的事，就是聽盧嬸嬸說起于家的小道消息，聽到那于茂才不好過，她心裡就舒坦了。

不過這些風流八卦很快地便沒了聲響，因為碼頭已經建好了，只待當官的來掛上牌，點響炮竹，就能正式通航。

這才是村裡的頭等大事。

東興村的人突然多了起來，一夜之間那些碼頭附近的商鋪好像都有了人，招牌布幡一家家都掛了起來。

南溪去轉了一圈，什麼李記湯包、榮記糕點，餛飩、包子、饅頭等各式各樣的吃食店，逛得她肚子都餓了。

很快地，里正派人挨家挨戶通知下來。三日後便是碼頭通航的日子，屆時有不少官員都會來村裡，村民們必須得拿出自己最好的樣子，從現在起不許吵架、打架，更不許說粗俗的話。若是被發現違反了，直接在年底分紅上扣一半充公。家家戶戶必須將自家周圍都清理乾淨，尤其是路上不得有牲畜糞便。

此通知一出，村裡頓時鬧了不少笑話。

南溪因為月事提前回家的時候，正好遇上毛阿婆在跟隔壁的杜阿婆「吵架」。

兩人罵人那是出名的臭，祖宗十八代都要問候一遍，直罵到自己沒力氣才會停嘴。今兒好像是因為杜阿婆的孫子偷吃毛阿婆灶上的一塊肉，這會兒兩人正臉紅脖子粗地在「吵架」。

「妳個狗……妳個爛……妳！」

「老不……臭……黑……」

兩人張著嘴，罵人的話到嘴邊又硬生生嚥回去改詞，結果居然找不著合適的詞罵出來。眼瞧著周圍那麼多看熱鬧的人，生怕自己罵髒話被舉報扣錢，毛阿婆只能硬生生憋著氣，恨恨地回家。

第二十八章

一轉眼就是三日過去，東興村也迎來史上最熱鬧的一日。

今天酒坊放假一日，大家都跑到海邊看熱鬧。小牛和二丫早早就跑去占了靠前的位置，一見南溪他們便招手將他們拉過去。

不遠處的李大牛夫妻倆臉色很難看，卻顧忌著扣錢不敢開口罵人。真是養了兩個白眼狼，占了好位置不叫爹娘卻叫外人，實在令人生氣。

「都事陳大人到！」

「知縣明大人到！」

「通判付大人到！」

隨著一連串的通報聲響起，噼哩啪啦的爆竹聲也響個不停。十幾位穿著官服的大人笑容滿面地走到碼頭最中央，還和氣地跟里正打了招呼。

里正興奮得都快暈過去了，還好有兒子在一旁扶著。

一刻鐘後，「哐噹」一聲鑼響，通判付大人開始講話了。

南溪被周圍人擠著，都沒注意聽前頭說什麼話。想了想真是不該來湊熱鬧，新做的鞋子就這麼一會兒工夫已經滿是鞋印子，讓她心疼不已。

「妳往我這邊靠一點，今日人多擠得慌，咱倆靠近點沒人會說話的。」

俞涼伸手把人往自己懷裡攬了下，這回她倒是乖乖聽話沒再掙扎。

「這都講了有一刻鐘了吧，啥有用的話都沒有，白白站著曬太陽，我都想回去了。」

身邊的村民都在小聲嘀咕著，心中的興奮、期待都被冗長的講話和炎炎烈日滅了大半。

兩刻鐘後，通判才講完廢話，說起東興村碼頭命名一事。

「豐亨豫大，意為君德隆盛，國家富強。知州大人親自為你們碼頭定名『豐豫』，來人，把石碑抬上來！」

通判一叫人，立刻有四名衙役抬著一塊一人高的石碑進前，然後將它插進早就挖好的深坑裡。

自此東興村的碼頭有了自己的名字。

又是一陣噼哩啪啦的爆竹聲響起，早就候在一旁的舞樂隊立刻跟上，敲鑼、打鼓、吹嗩，還有表演雜耍的，好不熱鬧。

這時候碼頭才算真正熱鬧起來，南溪也不嫌熱不嫌擠了，睜大眼睛看著場上奏樂表演的人。

「咦，那幾個官老爺走了……」

去。

南溪回頭一看，一眼就看到余陶跟隨著一個男人，客客氣氣引著那幾位大官往山那邊

這些人很明顯是要到山上路家的酒樓吃喝，就是不知道會不會住下來。聽說明日將會有第一批飄洋過海的船隊到岸，肯定要有一定地位的人來接待，里正的官好像小了點兒。

「嗯？什麼味道這麼香？」

南溪聞了聞，回過神，四下看了看。好一會兒才在人群中找到香味的來源。

「走走走，咱們去看看！」

一隻小手抓著大手，扯著俞涼小跑過去。

「是滷味！」

難怪會這麼香，滷煮的食物味道本來就大。一大鍋子擺在門口，爐子底下燒著炭，鍋裡咕嚕嚕冒泡帶出了一陣陣肉香。

前面正在買滷味的大爺切了三兩豬耳朵，又切了一個豬蹄，一邊付著錢一邊感嘆。

「早些年在南黎府吃過一回你們家的滷味，念念不忘許久呢！沒想到你們竟能到這兒來開鋪子，以後想吃就能過來買，真是方便不少。」

老闆一聽，高興地又給大爺加了顆蛋。

「您老吃得高興就好，我們這鋪子以後每日都開，歡迎再來。」

大爺笑得臉上的褶子都多了幾條，一回頭看到南溪更高興了。

「溪丫頭，妳來得正好。下午酒坊有開張嗎？我這酒剛喝完，就等著買妳家酒回去配滷味吃呢。」

「哎呀，俞爺爺我今兒給他們放假了，不好再開。不過我可以讓大涼哥一會兒把酒給您送過去，還是要五斤對嗎？」

這個俞爺爺可是買酒的大戶，而且還和俞涼有那麼一些親戚關係，所以南溪對他略有幾分親近。

「好好好，麻煩阿涼一會兒送來給我了。」

俞爺爺高高興興地讓開位置，南溪順勢站了過去。挑了一圈後，買了兩隻滷鴨。付錢的時候，她有看到鋪子裡的架子上還擺著酒，整整一面牆，多半是從南黎一起帶過來的。

她沒去問價錢，畢竟村裡人都知道她是賣酒的。突然這麼問一句，搞不好人家會多想，以為她要幹麼呢。

買了滷鴨後，她和俞涼回頭叫上十五和小牛兄妹倆回家。

今日還有一樁大事等著他們。

吃完中飯，隔壁那經常過來買酒的蔡捕頭非常爽快地將鑰匙交給盧氏。

「盧大娘，這些日子多謝你們照顧了。屋子裡已經都打掃乾淨，妳要不現在去看看？」

盧氏連忙擺手說不用。「蔡捕頭的為人，我信得過，不用去看了。對了，你們這是要回縣裡了嗎？」

「沒有，以後我和兄弟們要常駐在東興村了。碼頭附近修了間院子給我們，以後我們就住那兒，負責巡視碼頭的安全。你們要是有什麼事可以到碼頭來找我。」

蔡捕頭非常喜歡南家的酒，也樂得跟這一家子打好關係，說完便大步出了院子。

盧氏拿著鑰匙摸了好一會兒，然後塞到南溪手裡。

「阿涼，一會兒你陪著小溪去瞧瞧那屋子，我收拾收拾東西。」

南溪一驚，立刻開口問了一大串。「盧嬸嬸，妳幹麼收拾東西？妳想搬去隔壁住？妳不是答應我，要陪我住的嗎？妳捨得我？」

盧氏哈哈笑了起來，拉著她的手輕輕拍了拍，笑道：「我不搬走，我收拾的是阿涼的東西。隔壁那屋子大是大，可你們以後成親還是要有院子才行。我想著讓阿涼先住過去，之後有錢有閒了，再把屋子拆掉重建。」

說到成親，姑娘家還是有些羞澀。

「成親還早呢，不用急著砸屋……」

「要的，拆好再清理出來就要花費不少時間呢。他現在跟著妳在酒坊做事，空閒時間也不多，慢慢來。」
聽到這話，南溪明白了，這才拿著鑰匙和俞涼去隔壁看屋。
她前腳剛開了鎖，後腳就聽到大門「咚」一聲被關上。手腕一緊，就被拉到一個熱騰騰的懷裡。
最近太忙，酒坊和家裡又都是人，兩人已經許久沒有這麼親近過了。
怦怦怦的，也不知是誰的心跳，在這安靜的屋子裡格外響。
俞涼鬆開她的手腕，直接摟腰狠狠抱了她一下。
「妳是不是不喜歡我了？」
「嗯？這話從何說起？」南溪本來還有些不好意思的，這下倒是抬起頭來。「怎麼突然這樣問？」
「妳剛說不急著成親，還有，妳最近總是看十五都不看我了。」
南溪無語。「……」
這傻子，她花錢買了人，當然要看他有沒有勤快幹活啊！
「你是不是傻？」
南溪忍著笑伸手去捏他的臉，好一陣搓揉，才踮腳在他唇上親了兩下。
「我啊，看著十五是想看他幹活有沒有偷懶。他一天要吃四個人的量呢，不盯著點怎麼行。放心啦，我只喜歡你一個。」

兩人獨處，心上人又說出這樣讓人動心的話。俞涼心中激動，下意識將人抱緊了些。

說好了來看屋子的，結果兩人在門口就耽誤了一刻鐘，卿卿我我的都沒怎麼仔細看，就被小澤打斷了。

「阿姊，妳的嘴是被蚊子咬了嗎？」

「啊……咳，是，好像是的。」

臉上熱度剛退下的南溪，這會兒感覺又開始發燙了，她趕緊轉移話題。

「家裡有事嗎？怎麼又突然來叫我們回去。」

「是有事，家裡來了個什麼老闆，想買橙子酒。」

買橙子酒？

南溪腳下走快了些。

家裡沒有橙子酒這消息早就放出去了，這又是哪裡來的老闆？

三個人很快鎖上門回到家。

一進院子，就見一個白白胖胖的男人兩眼放光湊過來和她打招呼。

這人姓岳，是內陸一家糧行的二東家。前些時候在南黎府喝到一回橙子酒，發現後面的酒都被人訂完了，打聽了好久才找到南家。

「南老闆，我也不多買，就買兩斤回去給我家老爺子過壽可好？」

南溪不清楚是不是過壽，但這人肯定對自家的果酒感興趣。買回去搞不好還會琢磨琢磨是怎麼釀的。誰知道他到底是糧行還是酒莊的。

南溪本來想拒絕，可細想內陸水果釀酒成本高，而且他們也不知這果酒是需要別的酒水來泡製，賣給他也無防。

這人一看就是富貴出身，得了酒，說不定還能介紹買賣來呢。

賣是可以賣兩斤，不過……

「我家裡就只有自留的三斤橙子酒了，你要買的話肯定很貴的。」

一聽這話，男人立刻從懷裡取出一錠銀子放到石桌上。

「沒關係，只要能買到就行。這些可夠？」

十兩銀子，他居然問夠不夠？

這是哪裡來的大肥羊！

「夠了！大涼哥，你去拿個新罐子給岳老闆打上兩斤橙子酒！」

沈甸甸的銀子一入手，南溪頓時熱情許多。

「岳老闆，我家橙子酒在外也就一、二兩銀子一斤，你這十兩也太多了，要不我還是找零給你？」

「不用、不用，千金難買心頭好。我這兩日心心念念惦記的就是這口酒。」

他就愛吃甜的，這個橙子酒真是撓到了他的心癢癢。

「南老闆，你們家下一批橙子酒是什麼時候？」

「下一批那可晚了，要明年呢。不過再等兩、三個月，家裡又會有新一批的果酒出來。」

「哦？新的果酒？是什麼水果釀製的？」

岳老闆十分感興趣，人都坐直了。

「是用品質最好的荔枝和桂圓釀製的，年前就能開封。」

有了之前芒果酒和橙子酒的經驗，這回的荔枝酒、桂圓酒絕對不會差。

南溪非常有信心。

岳老闆記在心裡，當下卻是沒再多說什麼，提上自己買的兩斤酒便離開了。

他一走，一家子才好說起話。

「這個岳老闆出手還真是大方，兩斤酒居然就給了十兩銀子！」盧氏實在難以理解。

「這有啥，他既然花了大價錢，肯定會想法子從酒水裡找回更值錢的東西來。」南溪才不信他是為了口腹之慾。

「妳是說，他會拿回去叫人琢磨橙子酒的釀造法子？」

俞涼有些坐不住，甚至想出去把酒水追回來。

南溪拍了拍他，笑道：「放心啦，咱家的果酒沒那麼容易被琢磨出來。光是一個酒麴，就夠他們琢磨了。」

西域的葡萄酒那是水果本身發酵釀製，而自家果酒目前全是用酒水來泡。有的酒用米酒泡，有的酒用燒酒泡，之後她還打算釀一種味道更悠長的別種糧酒，每一種都是獨家自製的酒麴。

那些人想做和自家一樣的果酒，得先把燒酒、米酒的酒麴仿製出來，談何容易呢？

南溪絲毫不擔心，晚上舒舒服服地睡了一覺，第二天一早便去酒坊。

昨夜大個子搬到隔壁住，現在酒坊就十五一個人守著。她到達的時候，十五已經生起火在掃屋子了。

雖然這傢伙吃得多，但人也真的挺勤快的。

「十五，這裡掃一會兒，去把二號池子加水翻攪一下，而且要半盆涼開水，攪拌均勻喔！」

「好！」

十五幹勁滿滿，因為他知道幹完活兒，俞涼就會送早飯過來了。越勤快，伙食便越好。他喜歡幹活！

「南溪姊。」

稍晚，兄妹倆也來了。

二丫現在和南溪混熟了，一邊燒火一邊問她。「南溪姊，聽說大概一個時辰後，碼頭那邊就會有外來商隊靠岸呢，妳要不要過去看看熱鬧？」

「不看，咱們有正經事。」

南溪叫來小牛，讓他把備用的小板車推過來。自己則是拿了乾淨、能裝一斤的小罐子，開始裝酒。等小板車來了，便把裝好的酒罐子都放上去，挨個兒擺好。

密密麻麻裝了二十多個，最後還放了個敞蓋的大罐子和幾個碗。

「南溪姊，妳是要到碼頭去擺攤嗎？」

「算是吧……」

自家酒坊在村裡比較偏僻，總得在人多的地方露個臉混個眼熟。

今日碼頭絕對熱鬧，交上五文錢去擺個攤，只會賺不會賠。

「一會兒吃了早飯，二丫跟我走，小牛你在家幫忙燒火。」

二丫像是被銀子砸中一般，驚喜地連連點頭。

「先說好啊，一會兒再熱鬧也得看好攤子。要是私自跑去玩了，我會扣錢喔。」

「南溪姊，放心吧，我保證緊緊盯著咱們的酒攤。」

後頭來的俞涼聽見這話不放心，覺得今日碼頭忙亂，還是他一起去比較好。

「酒坊裡更需要你呢。表哥的那批酒今日就得蒸出來，你看著點。」

俞涼拗不過她，只好應了。

半個時辰後，南溪和二丫頭推著滿滿當當的酒開始往碼頭走，沒走多遠就遇上已經梳著婦人髻的春芽。

看到好姊妹當然要湊過來說幾句話了。

春芽和丈夫說了下便小跑過來。

「南溪，妳這是要到碼頭上賣酒啊，不去看熱鬧嗎？」

「看熱鬧哪有賺銀子有意思。再說了，不就外朝的商隊嘛，也沒什麼好看的。」

聽到這話，春芽白了她一眼。「妳當誰是真的去看商隊的啊，咱們都是去看看能不能買到些好東西。寮國那邊總有些咱們這兒買不到的東西，商隊好些船呢，若是有便宜又好用的傢伙就在家門口的碼頭上，難道妳不買一點？」

南溪還真沒想到這一層。

春芽又問道：「妳身上有沒有帶錢？」

「就一些零碎銅板……欸！春芽，妳和二丫先去碼頭，我回家拿點銀子！」

南溪雖然覺得自己不太可能會去買寮國的東西，但誰知道商隊帶來的物品會不會正好有自己需要的，拿點銀子在身上總是沒錯的。

她一路跑回家，直接取了十兩碎銀子放在身上。這也是賣兩斤橙子酒的錢，花出去沒那麼心疼。

拿好銀子後，南溪才又跑著追上春芽她們。

好姊妹在碼頭分開，南溪先去付了租攤子的租金，然後才有空歇歇腳。

看著這片熱鬧的情景，她忍不住在心裡感嘆了聲，碼頭的變化是真大啊！

道路拓寬了好幾倍，鋪了石子和泥沙，壓得平整，既乾淨又好看。這會兒路邊商鋪都開了門，還有村裡的鄉親擺著一個又一個小攤，有賣雞蛋的，還有賣自己做的布鞋，一家挨著一家將路邊擠得滿滿當當。

昨天那幾個官又來了，幾個人站在碼頭的最前面，一陣陣海風吹得他們官帽都飛了，一時鬧得雞飛狗跳。

半個時辰後，海面上隱隱出現了幾艘船隻。那是和本國完全不一樣的船隻樣式。幾位官老爺連忙扶正官帽，精神滿滿，務必要給外朝非常正面的印象。

一共十二艘貨船，漸漸靠近了碼頭。里正心裡歡喜，又命人放了幾串炮竹。

那些主事的寮國人彷彿很害怕這個，他們朝後揮揮手，立刻就有好幾個乾瘦的男男女女揹著厚重的包袱下船。

那些人很聰明，一下船便解開包袱，將裡面的東西往肩上一搭，直接開始叫賣起來。

當然，所有人都聽不懂，好在還勉強有兩個能聽懂話的人隨行。

「他說這些織物，一條小的只要三十文，一條大的要五十文。」

「什麼？賣這麼便宜嗎？」

南溪心動了。

這些簾子、地毯樣式新穎，顏色又鮮豔漂亮，放到屋子裡頭肯定非常好看。

「二丫，妳看著點酒，我去去就來！」

南溪真沒想到外朝的商船裡運來的貨物居然還有這麼便宜的。聽說從寮國一路過來至少也得十來日，這麼遠過來，不是該賣一些高價東西嗎？

她一邊眼花撩亂地挑，一邊隨口問旁邊的春芽。

這個春芽不知道，但她丈夫林三倒是知道一二。

「寮國盛產寶石和一些礦產，這也是他們船隊主要的貨物。但這些東西在他們本國需要一定的價錢才能買，不像這些織物，在本地幾乎一文不值，拿出來賣的話就是純賺。」林三說完又補了一句，自己也不知道說得對不對。

南溪和春芽聽完都笑了。

管他呢，賣多少賺多少有什麼關係，只要自己能便宜買到心儀的東西就行。

南溪眼疾手快抓到兩塊十字格花紋的布簾，還有一塊毛茸茸的毯子和坐墊。摸著實在舒服，又不像是動物皮毛，一看價錢才三十文，她果斷掏錢又多買了幾塊。

買了一大堆，到最後兩手都快抱不下來了，南溪才回到自己的攤位上。

「天啊，南溪姊，妳買這麼多是要準備自己開店賣嗎？」

雖然有些誇張，但她真的買太多了。

南溪把那一堆東西放到板車上，滿足地抹了一把汗。

「不多不多，買回去分一分，一下就沒了。聽那邊的人說，賽國人這次是首次通航才賣得便宜，下回就會漲價了。當然要趁這個時候多買點。」

這些布簾、床單多好看，自家分一點，等大個子把新家建起來那邊也分一點，一起掛上可多好看。

南溪這會兒倒是不怎麼心疼。等她賣完酒帶著一大堆寶貝回到家的時候，突然聽弟弟說了一句。

「阿姊……咱們這兒就沒冷過，妳買這毛茸茸的披肩和坐墊是幹啥用的？」

大意了，當時被歡快的氛圍感染，腦袋一熱只知道搶過來付錢，哪還記得起買回來好不好用。

南溪尷尬地笑了笑，趕緊想了個比較說得過去的理由出來。

「這是買給舅母和表嫂她們的，南黎府雖然熱的時候多，但還是有冷的時候，這個便宜又好看，舅母和表嫂肯定會喜歡。」

南澤瞧著姊姊那一本正經的模樣，還以為真是這樣，也沒再繼續追問了，立刻歡天喜地去挑自己房間的窗簾。

不管是泥坯房還是青石屋，顏色都很暗沈。這些亮色的東西掛進屋子裡，住在裡面看著，心情都能好幾分。

南溪也為自己的房間挑了一塊，是水藍色斜紋的簾子，相當漂亮。

剩下的，她先疊好收進衣櫃裡，等以後隔壁新房建好了才會拿出來。

至於二丫和小牛，不是她小氣不願給。就算她給了，這兄妹倆拿回去也保不住，只能便宜那個白氏，她才不當冤大頭呢！

南溪收好東西，高高興興地去酒坊。

從這日起，東興村裡車馬來往熱鬧非凡。外朝過來的商隊都要在這兒卸貨，再走陸路運送出去。賣了貨，又會從南黎府購買大量糧食和一些藥材裝上船返回。

其間有不少人會留守在碼頭，這些人吃喝住都需要花錢，因此不管是小吃店還是酒樓客棧，生意都非常不錯。

第二十九章

一轉眼就是兩個月過去，到了快過年的時候。

這兩個月，南家酒坊出了大量的燒酒，沒再做一次果酒。其間倒不是沒有別的水果成熟，而是那些水果，如橄欖和番石榴，都不適合做酒，所以她的果酒計劃暫時擱置。

酒坊裡每天釀的都是燒酒，而她則是在忙活著做另一種酒麴。

這回不像燒酒和米酒的酒麴那麼順利，她折騰兩個月，失敗了無數次。不過越艱難，成功後的成品就會越讓人驚豔，她的勁頭倒是越來越足了。

酒坊裡有大個子幫忙，她沒什麼好操心的。現在最讓她頭疼的是弟弟，這小子非要去酒坊幫忙做事，不肯去唸書。

「阿姊，我已經認識很多字了，不用去花錢讀書的。」

「哪有認字還嫌多的？」

南溪扠著腰，眉毛一豎，看起來挺凶的樣子。

「我錢都繳了，你不去這不是浪費嗎？家裡酒坊有我和你大涼哥在，真的不用你幫忙。你好好唸書，等你真學好了，再回來給姊姊當帳房。到時候你想走都走不掉。」

南澤聽了有些意動，可一想到唸書要花費的錢，心裡又不樂意了。束脩就要好幾兩，加上筆墨紙硯又是一大筆錢，而且一旦開始學了，每月都要花錢買，跟流水似的。之前治腿已經花了一百多兩了，他現在只想幫著姊姊掙錢。

小娃娃年紀雖小，卻很有主意。南溪勸了好幾回，他就是不配合，她生氣歸生氣又捨不得打罵，姊弟倆就這麼僵著了。

心煩意亂間，酒麴又失敗了兩回。

俞涼見不得心上人情緒低落的樣子，跑去村頭找專門代寫信的老童生，請對方寫了一張比較深奧的買賣契約，然後直接拿給未來小舅子看。

「小澤，你覺得這個契約怎麼樣，咱們能簽嗎？」

南澤皺著眉，眼睛都瞪花了還是有好幾個字不認識。他倒也老實，直接說自己沒看懂。

「你瞧，這說明你字認識得還不夠多。你看現在酒坊裡多忙，過兩年說不定還要再擴建一次，到時候買賣更多。我和你姊顧著釀酒，平時還要算帳，頭都大了。你若是學好了，那才能幫你姊的大忙。」

南澤撇撇嘴沒再說什麼，只是拿著那張契約看了許久。

第二天，南澤總算答應去縣裡唸書了。

現在東興村熱鬧，每日出入的車馬很多。早起就能坐上騾車到縣裡去，就算到晚上，都還有車來往東興村，所以南澤還是住在家裡。

和那些筆墨紙硯比起來，來回的車費真不算什麼。

南溪早就準備好書袋和筆墨紙硯，還有新衣裳。要不是怕弟弟又鬧著不上學，她還想買個書僮跟著他。

畢竟他一個孩子，就這樣放出去，還真是令人擔心。

俞涼都被她逗樂了。「妳說妳，小澤不願意去，妳恨不得攆人家走，現在他好不容易答應了，妳又擔心這個擔心那個。走吧，妳不是說今日要去開荔枝酒嗎？」

「對對對！那些酒都能開了！」

南溪瞬間又打起精神，興致勃勃地去了酒坊。

今年馬上就要過完了，酒坊裡的果酒只做了芒果、橙子和荔枝、桂圓。

前兩種都是自家的果子做的，量非常少。後兩種可是花大錢買了許多，泡出來的酒，除掉果肉也還能有近七、八百斤。

南溪對它們抱了很大的期望，開封時還虔誠地祈禱一番。

打開蓋子聞到酒香後，一顆心頓時放下大半。喝完一口酒，瞬間踏實了。

這荔枝酒是用燒酒泡的，味道依舊甘甜，清香中混雜著酒香，聞著就格外舒坦。她不知道男人們喜不喜歡喝，但女子肯定喜愛。尤其是這荔枝金貴，想要保持新鮮弄到內陸非常耗費銀子。而這荔枝酒能讓他們花少量的錢嚐到荔枝的味道，還很容易保存。

「大涼哥，你自己嚐嚐，我去看看桂圓酒。」

南溪拿著自己專屬的酒提子，來到泡著桂圓的酒缸前，小心翼翼地拆了上面的酒封，弄一勺酒到碗裡。

嗯？桂圓的香氣沒有荔枝酒那麼濃，不過味道的確比荔枝的更甜一些。

也是，畢竟是用米酒泡出來的，肯定會甜很多。

各有各的特色，但她自己是更偏愛荔枝酒。

這回荔枝酒的量還算多，她沒打算只賣路氏一家。幾個月來，已經有好幾家酒樓想和她簽契約訂果酒，她都沒有答應。準備看酒水的品質再談價錢。

現在差不多也是時候了。

南溪讓小牛跑一趟，給山上的余陶和山下的兩家酒樓都傳了果酒開封的消息，還有碼頭的那家百味。

這家滷味店是真了不起，才來短短兩個月便擴大了店面，還將買賣做到寮國。也不知是怎麼保存的，反正每次有商船離岸，都會在他們家買好幾十鍋的滷味。

老闆在她家進了不少燒酒，也一直想買她家的果酒放在店裡一起售賣。

這樣一算，果酒好像又不夠賣了。

南溪抬頭看看自家的小酒坊，琢磨著要不等果酒都賣完後，再找里正爺爺把旁邊的地買下來擴建一下？

她要大量儲備明年的芒果和橙子酒，這點地方還真是不夠。瞧瞧那山上的路家酒樓和別院，人家一個大堂都比自己的酒坊大。一想到此，心裡就酸溜溜的，真是不能比。

還是得賺錢，賺更多的錢，買地蓋大酒坊！

南家果酒開封的消息一傳出去，第二天有意的掌櫃老闆們都來南家。

余陶摸著袖兜裡那張薄薄的契約，心裡有些沒底。這競爭的人多了，價錢自然就高了。只怕去年的酒價，南家丫頭不大可能會同意。

漲價的話，該漲多少才合適？

他覺得今日來得不是時候，等下幾家爭起來，價錢只怕會朝一個很誇張的數額飆上去。可是現在讓他走，他又不甘心，怕自己走後，果酒被那幾家給分完了。大東家從月初起就開始詢問南家果酒的事，若是沒能買下來，今年怕是過不好年。

幾個掌櫃老闆管事都默默琢磨著一會兒議價的事，誰也沒有先開口說話。

南溪這會兒不在家，天剛亮的時候她就跟著弟弟和俞涼去海邊趕海。等她回來的時候，看到一院子的人嚇了一跳。

「余叔叔，你們怎麼來得這麼早？」

余陶心下一喜，聽她喊叔叔就是不打算生分了。他連忙接過話，開玩笑道：「這不是怕妳家果酒被搶完了，自然得早些來蹲著。」

「哪能呢，余叔叔你可是熟客了，多少也會給你留一些。」

至於留多少，那就見仁見智了。

南溪先去打水把腳沖乾淨，又洗了把臉。然後才去屋子裡換了衣裳出來。

石桌不夠坐，俞涼搬出灶房裡的桌子，勉強湊一湊。

這次一共來了三個掌櫃、兩家老闆還有一個管事。大家都想買南家的果酒，不過循例還是要先嚐一嚐味道。

俞涼給他們每個人都分了兩個碗，一碗荔枝酒，一碗桂圓酒，都是半碗。

「各位嚐嚐看，嚐完了咱們再談價錢。」

余陶第一個端起來品了一口。

是荔枝！他非常喜歡的一種水果。

荔枝在島上和南黎賣得便宜，但凡出省城，價錢便倏地往上漲。南家這荔枝酒甘甜清香，荔枝味保存得非常好。若是不嫌麻煩拉到內陸去，保證賺上大把銀子。

想到這兒，余陶的心裡已然有了數，默默在心裡把酒價往上調了不少。

其他幾人面上表情都管理得非常不錯，誰也瞧不出對方是個什麼意思。

等到兩碗酒都品嚐完了，南溪才興致勃勃問起正事。「各位掌櫃老闆，方才喝了我們家新出的荔枝酒和桂圓酒，想來對它們的價錢心中都有數了。這樣，你們一人一張紙，寫下自己心裡的價位。我會跟兩位出價最高的人簽訂契約，將果酒賣給他們。」

「啊？只挑兩個人？不能都賣嗎？」

「就是啊，咱們都等多久了。」

有兩個掌櫃心裡不大痛快，這也沒法子。

「沒有辦法啊，酒坊就這麼點地方，能做的果酒有限。不過等明年我會擴建，到時候不用再這樣只選兩位了。」

南溪話說得好聽，幾個掌櫃心裡更不爽了。

今年這樣讓她把價錢抬上去，明年就算幾個人都能買又怎麼樣，價錢貴了那麼多。

「對了，今年的價錢不代表明年的價錢。明年是一定會漲價的。」

南溪話音剛落，一個脾氣有些急躁的掌櫃當即擱置酒碗，告辭了。

意料之中吧。

「各位先別急著生氣，漲價肯定有漲價的理由。不知你們是否留意過，自從碼頭通航後，咱們島上的水果價錢漲幅是個什麼情況？」

大家做吃食買賣的，當然多多少少會留意一些。被這麼一提醒，頓時明白過來。

現在島上的水果價錢確實高了一大截，比如以前很便宜才兩、三文錢一斤的水果，現在通通漲價要十幾文。原本就昂貴的水果自然就更貴了。

南溪這個要求不過分，她現在明明白白地說開，總比明年日子來臨時漲價好。

幾人臉色都和緩許多。

俞淙看到南溪朝自己勾勾手，立刻將準備好的幾張紙和筆墨送到桌上。

余陶第一個寫，他直接以袖擋住紙面，自己飛快寫了幾個字。姚老闆也學他的樣子，遮著寫下自己心裡預期的價格。

五張紙很快寫完到了南溪手裡。

第一張：荔枝酒七百文一斤，桂圓酒六百文一斤。

第二張：荔枝酒一兩銀子一斤，桂圓酒八百八十八一斤。

南溪看到這兒忍不住笑了笑，不用想都知道這是誰的。上回自己和余陶討價還價時，還說六百這個數字意頭好，今日他便回了個八八八。余陶一出手便是一兩銀子一斤，看來是勢在必得呀。

她把這張一兩的摺起來先放到最底下，接著看後面的報價。

第三張報價比第一張還低，這個不用考慮了。第四張每種酒只比第一張多十文，恰到好處地將第一張擠了下去。

剩下最後一張……

南溪看完眼前一亮，這人真是識貨呀！

荔枝酒居然也開價一兩銀子一斤，不過桂圓酒就要比余陶低些了，開價八百文。

確定了中選的人，南溪直接將摺起來的一角拉開。

「開價最高的是余叔叔和吳老闆。」

她把價錢翻開給其他人也一起看了看，好讓他們知道自己可沒作假。

一兩銀子一斤荔枝酒，另外三人撇撇嘴起身告辭。南溪也沒讓他們白來，一人送了一斤荔枝酒和桂圓酒。

等人真的走遠了，余陶和那吳老闆才總算放鬆下來。

吳老闆便是那碼頭百味的老闆，他比余陶看起來年長一些，一副憨厚的樣子。不過余陶可不會小瞧他，百味在南黎府便有不下十間滷味鋪子，其他周邊城鎮更是有不少。加起來怎麼也得近五十家了。

能把一個滷味買賣做這樣大，老闆怎麼可能會簡單？

「吳老闆，久仰大名。」

「余管事，我也經常聽人提起你。」

兩人笑咪咪地補上進門時沒有打的招呼。

此時南溪又拿了幾張紙放到桌上。

余陶眉頭一皺，下意識把心裡話說了出來。「這又是讓我們寫的？」

「當然啦，這個給你們重新寫契約的。你們帶來的難道還能用嗎？」

兩人尷尬地咳了咳，還真是不能用了。

這回兩人不用遮遮掩掩，大大方方重新寫了契約，又蓋上印章。

價錢就這麼說定了。

余陶抓緊機會，直接就向南溪買下五百斤的荔枝酒。吳老闆一聽立刻也要五百斤。

南溪直接把人帶到酒坊的酒庫，把果酒都為他們指出來。

「荔枝酒、桂圓酒雖然有多做一些，但濾完果肉後每樣也就剩下六百斤出頭。零頭我要自留，六百整斤數可以平分賣給你們。」

也就是說，兩人每種果酒只能買三百斤。

酒缸就擺在這兒，南溪又不會說謊。最後兩人也只好答應了，說好了半個時辰後過來付錢搬酒。

南溪忍著興奮將人送出酒坊，回頭門一關上，立刻撲到俞涼懷裡蹦個不停。

「大涼哥，咱們的果酒大賣了！」

家裡即將有一筆近千兩的收入，從來沒有見過那麼多錢的南溪當然很激動。

俞涼也心頭火熱，為自己的心上人驕傲。這樣的姑娘，真的太耀眼了。要不是酒坊裡還有外人在，他一定要好好抱一抱她。

南溪立刻催著幾人幫忙一起把酒分出來。

之前想著賣錢，她其實都沒怎麼留果酒，就算留個十來斤也多半拿去送人了。這回荔枝酒零頭有三十來斤，她決定都留下來自家喝。桂圓也有二十來斤，到時候可以送人。

十五和俞涼動作俐落地將果酒分裝到小一些的酒缸裡，再抬到院子中間放下。

南溪盯著，一個一個秤，做買賣是絕對不能缺斤少兩的。

半個時辰後，余陶最先帶著人來買走屬於路家的六百斤果酒。很快地，吳老闆也來了，付錢後領走了六百斤。

賣出去那麼多的果酒，酒庫裡突然空了許多，可懷裡的銀票卻沈甸甸地能將人心底填滿。

南溪抱著一千一百多兩的銀票，傻了小半個時辰。還是俞涼實在看不過去了才戳醒她。

這麼多的銀票，讓她腦子有些亂，暫時還釐不清究竟應該先做什麼，所以南溪只是將銀票都鎖在箱子裡，決定等自己冷靜下來再去琢磨。

酒坊又恢復了往日安安靜靜釀酒的日子，倒是外面不太平靜。

聽說碼頭的百味最近新上了兩種果酒，每天只賣五斤還一人只能買一斤，還得是買滷味到了一定數額才能買。

好巧不巧的是，山頂的路氏酒樓也新上了兩樣果酒。他們每日限量兩斤，將免費送給當日在酒樓裡消費最高的兩位客人。

南溪聽了，佩服得都想去找他們學經商之道了。

這些商人是真的厲害！

果酒外頭怎麼賣，南溪沒再特意關注，她現在正抱著銀票琢磨著酒坊之後的發展。

這麼多的錢肯定不能放著生塵，最要緊的是把酒坊旁邊的地買下來擴建。

然後還有隔壁的屋子，家裡的錢都在她手裡，她早就想好了，不蓋土坯房子。明年就要成親了，成親後那可是要住一輩子的，有條件蓋好的，為什麼要將就？

南溪想蓋一間和自家現在一樣的青石房子，乾淨又漂亮還堅固，哪怕再大的風雨都不怕。

不過這個想法還沒和俞涼商量過，他和盧嬸嬸也不知道是什麼想法？

畢竟蓋一座青石屋子光是石材就得耗費幾十兩了，村裡人知曉定然要說俞涼吃軟飯。她雖然能說動母子倆，卻也擔心他們介意覺得難堪。

糾結了兩日，晚上吃完飯，南溪還是將這個想法說了出來。

南澤抱著椰子咕嚕吸溜著一言不發。他沒有任何意見，甚至還非常贊成。因為家裡的銀子都是姊姊賺來的，她想怎麼花便怎麼花。青石的大屋子比土坯房子好千倍萬倍，阿姊就該住這樣的房子。

「溪丫頭啊……」盧氏張張嘴想說什麼，剛起了頭又說不出話來。

說什麼呢？她嫁到自己家本就委屈，憑什麼讓她不住青石屋改住土房子。沒臉說這個話呀。

母親的為難，俞涼看在眼裡，其實阿娘一向不在乎別人說什麼，只是為了自己才會有諸多顧慮。他的手在桌下抓著南溪的手揉揉捏捏，心裡早已認定了這個丫頭做妻子。

「阿娘，我覺得小溪這想法真好。咱們之前那屋子就是個泥坯房子，還是妳和阿爹剛成親的時候建的，結果用了二十年就塌了。瓊花島上颱風猛烈，建青石屋子，不說別的，它安全啊。我覺得小溪說的很有必要。」

俞涼不怕別人說閒話，自己是坐過牢的人，本身閒話就不少，哪能堵住所有人的嘴呢。

「日子是咱們自己過的，別人說再多，有什麼用？吃著肉的不是他們家，住著青石屋的也不是他們。就是酸言幾句，不用放在心上。」俞涼重重捏了一下手裡的指尖，側頭問道：

「對吧，小溪？」

「對對！就是這個理。」

賺錢就是為了自己和家人過好日子，若是為了顧及旁人的閒話，就得委曲求全過日子，賺那麼多錢有什麼意思？

盧氏是非常傳統的當代婦女，出嫁從夫，夫死從子。既然兒子自己都不介意，那她當然也沒什麼好說的。只是總覺得有些不真實，這樣好的兒媳婦居然讓自己給撿著了？

「小澤，你呢？你有什麼意見？」

冷不防聽到姊姊叫自己，南澤還有些茫然，回過神立刻投了贊成票。「阿姊，我覺得妳要蓋就得趁早，妳不是說這兩個月都沒什麼能做果酒的水果，這樣酒坊裡也不會太忙，可以抽空盯著建屋子。」

南溪倒沒想到弟弟居然能思慮到這些，看來唸書真能明智。

「我也是這樣想的。青石比泥坯貴太多了，得時時有人盯著才行，現在不蓋，等過兩個月橙子熟了，那就沒空了。」

一家子商量了下，決定盡快動工。

第三十章

翌日，南溪便提著酒去里正那兒。

「喲，南溪來啦！」里正的兒媳婦十分熱情，順手就將酒給接走了。

里正出來瞧見有些不太高興，不過沒說什麼，他也不會在外人面前下自家人面子。

「溪丫頭，可是有什麼事？進來說。」

南溪笑呵呵地跟著里正後頭進了大堂。

「里正爺爺，我來是想談談酒坊周圍那塊地的事。」

她把自己想要擴建酒坊的意思說出來，十分期待地看著里正，等著他說價錢。

「妳說酒坊周圍的地啊，那是我替人留的。」

里正一句話宛如天雷劈在南溪身上。

替別人留的?!

那她的酒坊要如何擴建？沒有地，就只能另外買別的地建酒坊，到時候兩頭跑……

她是一百個不願意。

「里正爺爺，不知道您是替誰留的地，我能和他先談談嗎？」

「當然了。」里正突然笑了笑。「就是替妳留的。」

南溪道：「里正爺爺您就別拿我開玩笑了，這地真留給我的？」

「確實是留給妳的。丫頭，妳的酒啊，是真的不錯。早幾個月，我就知道妳的酒坊肯定還要擴建的，所以後頭有人想買妳酒坊邊的地，我都沒答應。」

里正一方面是不想外來商戶買太多村裡的土地，一方面也是為了給南溪賣個好，將她留在村裡。

如今南家的酒坊一個月的獲利那真是驚人，稅錢也就比那幾大酒樓少一些。這可是本村人唯一拿得出手的產業，他當然要多加照顧了。

「喏，妳看看這圖紙，酒坊周圍有三塊空地。要買就得趁早了，價錢我不會坑妳就是。」

南溪呼吸都有些急促起來。「我自然是相信里正爺爺的。」

她拿著圖紙仔仔細細將位置記在腦子裡，然後和自己平時觀察的地形對比，很快就估清楚了幾塊地具體的位置和大小。

自家現在的酒坊被三塊地包圍在裡面。後面那塊地最小，直接和山接壤，有一點點山地在裡面；前面的那塊最大，但是緊鄰著村民養豬的豬圈，會很臭；左邊的那塊緊挨著溪水，一下暴雨就會有雨水漫屋的可能。

她一眼先挑缺點，不過這些缺點，她都還能接受。

「里正爺爺，若這三塊地一起賣，價錢多少？」

里正看了南溪一眼，他突然發現自己還是小瞧了這個丫頭。

「三塊一起買？那可不便宜。溪丫頭，最近地價又漲了。」

「我知道，碼頭開了嘛。現在咱們村子這麼熱鬧繁華，想來這裡買地做買賣的人不少，會漲價正常。里正爺爺，你只說三塊一起賣要多少錢吧。」

大堂裡沈默了下，要不是煙斗裡頭還時不時冒著紅星，南溪都要以為他睡著了。

「三塊地，一口價五百兩。」

還沒開始簽契約，南溪光是聽著便已經在肉痛了。

五百兩啊！

里正爺爺這價真是漲得出人意料的高。自己剛剛才賣了一千多兩銀子，刨除稅銀也就能剩個九百多。這三塊地一下就要啃掉五百兩銀子，誰能捨得。

南溪和里正討價還價，說到嘴巴都乾了才便宜二十兩。

最後三塊地一共四百八十兩就這麼賣給她了。

拿著地契回家的時候，南溪整個人都是輕飄飄的。除去給弟弟的果園和老房子以後，自己現在名下有四塊地、一座酒坊還有一個買來的十五。

這樣豐厚的身家，在這個朝代的村子裡真不算差了。

南溪沒去找人炫耀什麼，只悄悄地回去把地契都藏好。這時外頭傳來俞涼的聲音，他今日負責去找石材，看樣子是有消息了。

「大涼哥，你回來得這麼早，是找好賣家了？」

俞涼點點頭，兩三下洗了臉才過來說話。

「之前我出獄回來時有和你們說過，當時在獄中犯人都要幹活，就是鑿石頭。我想著鑿那麼多石頭，縣衙又不用，肯定是拿去賣，所以就去縣衙外找守門的打聽了下。原來那些鑿好的青石當真是拿去賣的，賣完的錢會被上頭拿來修整街道和危房，還有拿來補貼縣裡的慈幼院。」

遇上這麼個好官是百姓之福。

俞涼喝下一碗水又繼續道：「然後我使了點小錢給那門房，讓他幫我通報一聲見了主簿。我問了青石的價錢，主簿說的和我在外頭打聽到的一般無二，都是一車一兩銀子。只要銀錢到位，立刻就有鑿好的青石送到村裡來。」

「那就買！」

南溪現在手裡還有好幾百兩銀子，石材不是問題。

「對了，石材要買，還要準備村子裡酒坊的擴建。大涼哥，你最近就別去酒坊了，安心把兩邊建房的事安排下去。酒坊那邊最要緊，早點建起來便能早點多做酒賺錢。」

俞涼明白，在家歇息沒多久又出了門。

酒坊那邊，自然得南溪過去盯著了。

泥坯房建起來很快，不到兩個月，酒坊就能擴建好。這回是真要招一批人了，不是一、兩個，至少得六人才行。

招誰好呢？

村民們最近因為碼頭通航賺了不少錢，幾百文一個月的工錢，恐怕許多人都瞧不上，瞧得上的她也又不一定滿意。

正想著這些煩心的事，她突然看到酒坊門外，從高到低歪歪扭扭站了七、八個孩子。大的有如小牛那樣的，小的看著才四、五歲，臉上掛著淚痕，手指頭還在嘴裡，混著鼻涕……

她只看了一眼便有些反胃。

裡面的二丫一見她來了，立刻小跑衝到她身邊低聲說了幾句話。

「南溪姊，一大早就有人把孩子送過來，說是誠心想拜妳為師。」

「開什麼玩笑，拜師？」

南溪頭大得厲害，直接頂著一群孩子火辣辣的目光跑回酒坊裡。

外頭的大孩子猜到她就是這裡的主人，一個個在外頭喊得可熱情了。

「南溪姊，妳真要收門外的小孩做徒弟？」

「當然不了！你瞧瞧外頭那些孩子，屁大點的人能幹什麼。釀酒可是很辛苦的。這些孩子太小了，幫不了忙，吃了苦，我還有被他們家裡人責罵的可能。」

說實話，要不是里正爺爺拿便宜地價來誘惑她，她連二丫兄妹倆都不想留。正經重活兒都做不了，很多時候都是十五和大涼哥在辛苦搬運。

她幫不上什麼忙，總不能再弄兩個小娃娃進來添亂吧。

想讓她收徒，門兒都沒有！

「二丫，有看到是誰領著那些娃來的嗎？」

「看到了，都是他們的爹娘還有兄弟。我還聽見有個大娘教她兒子讓他多哭，說妳會心軟。還說了不許回去，餓了在門口鬧就是。」

南溪無語。「……」

這是打量著她好欺負啊，她腦子又沒病，怎麼會收這些小孩子當徒弟。

不過，就這樣趕人也不好，趕回去還會有下一批。不知道是誰在背後攛掇，得從源頭解決才是。

「小牛，你去和外面那些娃說，我同意收徒了，讓他們把爹娘請來簽契約。」

聽到這話，小牛手一抖，差點沒拿住手裡的酒缸。

南溪姊要收徒了？收外面的那些娃當徒弟？可是明明自己比那些孩子年紀更大，釀酒會的也多，她為什麼不要自己呢？

小牛心裡酸溜溜的，不過還是聽話，立刻出門傳了話。

不到半個時辰，那些娃的爹娘都領著孩子站在酒坊裡。

此時南溪也寫完了契約。好在最近幾月偶爾有練練字，不然還真拿不出手。

「各位叔伯嬸娘，我想問一下，是誰告訴你們，南家酒坊在收徒的？」

一群人面面相覷，一個說是毛阿婆，一個又說是蘭花嫂，還有的說是自己的小姑子。

奇奇怪怪的人，有幾個她根本不認識。這些人為何突然閒得無聊來攪和酒坊的事？

南溪沒細想，決定先把這些人打發走，再找俞涼問問那些人。

「行吧，雖然我並沒有要收徒的打算，可誰讓咱們鄉里鄉親的，總得照顧幾分。喏，各位看看這契約，若是都應了的話，簽了契約，明兒就可以來我這兒幹活了。」

「契約？」

沒聽說過拜師要契約的啊……

一群人互相看了看，推了一個識字的男人出來看契約。那男人接過去的時候還在笑，剛看了幾個字眉頭便蹙起來，臉色也越來越難看。

「溪丫頭，咱們可是一個村的，妳就這麼坑害村裡的孩子？八歲以下不要就算了，還一簽就簽十年，月錢一個月才一百文？妳打發叫花子呢！」

現在村裡那麼熱鬧，小孩子提籃子到碼頭賣水果，一個月都不止一百文。

小牛突然吭聲道：「可是我和南溪姊簽訂的契約就是這樣啊，一個月一百文。二虎叔，當學徒就別想什麼工錢了。」

小牛這一句說得正好，那群人都說不出話來。

南溪眼裡露出幾分笑意，轉過頭，聲音卻很嚴厲。「李小牛！你還有空在這兒看熱鬧？今天的水提滿了沒有？柴劈完了沒有？趕緊幹活去！」

小牛會意，做出一副沮喪的樣子，一邊提著水桶出門，一邊眼巴巴看著那些小娃。

「南溪姊，妳記得多簽幾個啊，好歹給我添幾個幫手，一天真是太累了。」

二丫也機靈地唯唯諾諾開始掃地，一邊掃一邊怯懦地看著南溪，彷彿她有多凶一樣。

南溪差點讓這兄妹倆給逗笑了。

「各位考慮得如何？十年很短啦，學好一門手藝還是很值的。」

二虎叔冷哼一聲，毫不客氣地懟她。「說得好聽，妳這契約裡可是明明白白寫了，徒弟學成之後絕不允許同島賣酒。咱們瓊花島，妳都不讓賣，學來有什麼用。這師父不拜了！」

他牽著兒子就走，半點不帶猶豫。

自己兒子現在都九歲了，簽上十年那得損失多少年的壯勞力，有那工夫去學酒，還不如大點了讓娃到碼頭上幹活。

南家這拜師條件太苛刻了，工錢少還不允許同島賣酒，學完了難不成舉家搬走？算了，這活兒太金貴，要不起。

和二虎叔有一樣心思的人，很快都帶著孩子離開了，就剩下一個磨磨蹭蹭想討價還價的人，在看到俞涼沈著一張臉到酒坊時，也灰溜溜地離開了。

「大涼哥你來得正好，我有事要問你。」

南溪將剛剛自己聽到的那些人都講了一遍。

「這些人有什麼聯繫嗎？還是說她們都是親戚？」

俞涼細想了下，不太確定。「我知道毛阿婆和那蘭花嫂是姑姪倆，另外的我再仔細打聽下，我記得有兩人是嫁到隔壁村的。」

隔壁村……

南溪腦子裡飛快閃過了什麼，可惜沒有抓住。

「行吧，那你好好打聽，我總覺得後頭是有人在攛掇村裡人給我找麻煩。打聽好了記得叫我，我去瞧瞧麴胚。」

俞涼酸溜溜地應了。

這丫頭最近大半心神都在新酒麴上，都不知多久沒好好看過他了。希望她的新酒麴能趕緊做出來，不然兩人都沒好好親近的時候。

南溪自然沒有發現身後那幽怨的眼神，她先回了自家院子，洗乾淨手腳還撣了撣身上的灰，這才開了小屋子的門。

這是專門用來製作酒麴的小屋子，為了方便升溫，裡面窗戶幾乎都沒有開過，很是悶熱。她進去查看了幾個架子上的酒麴，好幾塊都發霉太過了，有幾塊又根本生不出霉來，都已經好幾日了。

就在她快要失望的時候，最後那一架給了她驚喜。

一塊塊淺棕色的酒麴已經最後定形了！拿起來一聞還有淡淡的豆類香氣，一點酸味都沒有。

儘管還沒有拿來試著做酒，可直覺告訴她，這一架的酒麴是成功的！

南溪很興奮，看待寶貝一樣將酒麴們撿到籃子裡帶出去，封裝保存起來。

這些酒麴能做的酒在酒譜上名為乾酒，是一種比較新穎的酒水，因著入口綿、落口甜的新鮮口感，很是熱賣。它的原料也是蜀黍，不過做這酒水之前，蜀黍不再是泡水了，得先研磨再潤濕就行。

眼下家裡院子就有石磨，她叫來盧嬸嬸幫忙，兩人一起磨了二十來斤，然後均勻地撒水澆濕蜀黍們。等它們放上一日後，再來蒸煮拌麴。

如果此酒能成功，酒坊裡就不用再單調賣著燒酒了。燒酒便宜是便宜，自然也有很多人看不上。眼下村裡來來往往的客商那麼多，這時候酒坊裡只賣燒酒的缺點就出來了。眼瞧著銀子在眼前卻賺不了。

南溪折騰了這麼久，就是為了把新酒做出來，到時候兩種酒一起開花，高價、低價酒便都有了。

她專心在家弄著新酒，外頭的事有俞涼處理。打聽了一天後，他總算弄明白了。

「那幾個外嫁的，都是收了隔壁酒坊的錢來挑事的。先讓村裡的娃來酒坊裡拜師，吵吵嚷嚷的，咱們酒坊生意必定下降。而且那些娃穿得不乾淨，也讓客人不喜。她們找了許多人家，只是現在村裡很熱鬧，掙錢的活兒也多，所以那日才沒幾個娃來。」

「隔壁村的酒坊……」

哎呀，就說是什麼忘了，原來是它。

自己酒坊生意一好，同行嫉妒在所難免，她有心理準備。

「那最近酒坊裡都小心些，買賣都在門口處，不要讓外人靠近咱們的酒庫。」

瞧著那酒坊老闆也不是什麼君子，先防著吧。

俞涼也是這個意思，他想了想，說要同南溪介紹個人。

「妳其實也算見過，就是和我一同出獄，走在我旁邊的男人。他叫阿麥，不是個作奸犯科的，只是當年繼母容不得他便陷害他偷東西。這些年坐了牢回家更是沒有立足之地，前幾天我在縣裡遇見他，生著病還在給人扛貨，實在有些可憐，想幫幫他。」俞涼也不是無腦大善人，他解釋道：「阿麥年紀比我小，可力氣大，幹活也是個老實的。」

兩人在牢裡相處了挺長時間，每天又一起幹活，這人好還是壞、性子如何都是能看出大概的。

南溪點點頭答應了。現下家裡房子要蓋，酒坊也要擴建，本來就是要請人，他有朋友可以幫忙，正好。

「工錢什麼的，你自己看著辦吧！反正他幹的活兒一定要值那個價。」

俞涼沒忍住笑了，他的眉眼間都是笑意。要不是現在大門還開著，外面時不時就有人，他可真想把小丫頭抱起來好好搓揉一把。

得了準話，俞涼第二天就把人帶到村裡，暫時讓他和自己一起住在隔壁僅留的一間小屋裡。

阿麥這還是出獄後第一次舒舒服服地躺在床上休息，眼淚都流出來了。他想著在獄中的時候，又想起回到家受到的挖苦和白眼，心中當真是各番滋味都嚐了個遍。

「兄弟啊，還是你命好。在獄裡有你阿娘惦記，出來又遇上了這麼能賺錢的媳婦。」

南家酒坊呢，他在縣裡都有聽過幾次。

真是沒想到……這樣的好日子，當初在獄中之時，誰又能想到呢？

俞涼自己有時候都感覺有些不真實，生怕自己在作夢。尤其是小溪手裡的銀子越賺越多後，他總是怕她哪天會嫌棄自己，不嫁了。

這種隱秘的擔憂，他沒跟誰說過，只是平日裡做事更上心些，讓她多看看自己的好處。

一轉眼便是大半個月過去，還有兩日便是除夕了。

年前大家自然都是忙碌的。

南溪前腳剛忙著和盧嬸嬸去採買年貨，後腳又忙著要把新酒蒸釀出來。

隔壁的房子建了一小半，酒坊也才剛挖好地基，全是由俞涼監督。這麼一想，好像自己挺沒良心的。

自己在家蒸著新酒，外頭的事暫時都沒管。就是俞涼累得不輕，看著便讓人心疼。

「溪丫頭，這回菜肉買了挺多的，過年是要叫小牛他們一起過嗎？」

「是這樣打算的，還有十五和阿麥。」

他們一個個都是可憐人。

說來也奇怪，自家這酒坊裡幹活的人，生活裡都多有困苦，竟沒一個和順的。

十五就不說了，反應有點遲鈍，胃口又大，早早便被賣給人牙子。阿麥也可憐，親爹不疼，後娘虐待陷害，出獄回家只能睡在柴房地上，吃飯也只有米湯。小牛和二丫更不提了。

這大過年的，他們就算回家也沒個好臉色，還不如留下來一起熱鬧熱鬧。

南溪看著在院子裡整理東西的盧嬸嬸，朝她親暱地笑道：「今年過年咱家人可多了，要辛苦盧嬸嬸妳啦。」

「不辛苦、不辛苦，熱鬧才好。」

從前那樣一個人冷冷清清的過年，她是再也不想要了。

盧氏一邊歡喜，一邊忍不住又擦了擦淚。

這樣的日子真好，都是溪丫頭帶起來的。幸好有她在啊……

過完年又是新的一歲，阿涼很快會將溪丫頭娶進門，到時候夫妻倆和和美美再抱上兩個大胖娃娃，那她真是死而無憾了。

盧氏喜孜孜地分揀完菜肉，又樂呵呵去漿洗衣裳。

南溪倒是沒想到盧嬸嬸會想到那麼遠，這會兒鍋裡已經開始出酒了，她生怕出什麼岔子，眼睛都不眨地一直盯著。

乾酒出酒要比燒酒慢一點，不過它的酒水更清亮一些，酒香也更濃烈。頭酒她才淺嚐一口，舌頭便有些受不了。

確實夠帶勁兒。

一鍋子慢吞吞蒸了三刻鐘左右，最後一共出了十六斤的酒。南溪晾了下，便裝到罐子裡好好保存起來。

這酒和米酒不一樣，這樣的天氣，米酒放兩、三個月就壞了，乾酒卻是越放越香。所以等酒坊擴建完成後，她準備大量做這種酒存放起來。

南溪放好酒，俐落地將灶臺收拾出來，一轉頭又急急忙忙去酒坊幫忙。

路上不知是不是看錯了，有兩個小娃娃在路邊一直盯著她瞧。

許是又想拜師的？

南溪沒當回事，畢竟稍微有點腦子的人都不會來酒坊和她簽那個契約。

晚上南溪算好帳，數完錢，放好正要睡時，突然聽到大門被拍響了。

「好像是阿涼的聲音，我去看看。」

盧氏準備起床，南溪擔心天黑易摔倒，便將她攔住，打算自己去。不過有個比她跑得更快的人。

南澤一路小跑步去開了門。「大涼哥，出什麼事了？」

俞涼沒說話，直接拽著人往院子裡走，後頭十五和阿麥手裡還推著一個。

兩個人都是被捆起來的，一瞧就是出了大事。

「大涼哥，這兩人是誰？」

南溪特地拿著燭火在兩人面前過了一遍，發現兩人很是面生，瞧著不是本村的。

「這兩人是隔壁酒坊老闆的兩兒子。半個時辰前就在酒坊外頭鬼鬼祟祟的，晚一些更是翻牆鑽進去。今天是被十五聽到動靜才抓住的。他們身上有巴豆粉，好幾包呢。被抓到還死不承認。」

非要挨一頓打才老實。

竟然是半夜進賊了！

南溪眉頭緊蹙，先看了下十五。

「十五，你有沒有受傷？」

見十五搖頭，南溪才鬆了一口氣。

「阿姊，這兩人該怎麼辦？」

南溪下意識抬眼去看對面的俞涼，俞涼會意，立刻湊到她身邊來小聲道：「這兩人被抓住的時候，附近是有人看到的，就是告上衙門咱們都不怕。現下有兩種法子解決，一種私了，讓他們的爹拿銀子來贖；另一種公了，便是報官了。」

東興村正是發展的關鍵時候，來往多少外商戶，出了這麼兩個小偷，簡直丟人丟到海外，上頭絕對不會姑息。

被綁住又堵著嘴的兩人自然也明白，「嗚嗚」掙扎個不停想要說話。有個小的，褲子還隱約濕了，滿目驚恐。

南溪撇撇嘴看了下，無甚興趣。

「那便報官。」

她很乾脆，甚至都沒想拔掉那兩人嘴裡的布頭再問話。

隔壁酒坊和自家是同行，恨自己分走了他們的生意，會動手一點也不奇怪。

先前隔壁酒坊的人攛掇著村裡的娃來這兒鬧騰的時候，她已經仁慈過一次了。沒想到居然這麼快又來了後招，還是這麼陰毒的招數。

那麼多巴豆粉若是真讓他們放進酒缸裡，酒毀了幾缸就不說了，萬一沒被發現，明日賣出去，那得害多少人。自家也必定會吃上官司。

一個個真是黑了心肝的。

人家下手都不留情面，自己又何苦做聖人？

她知道自己酒坊的生意好，背地裡眼熱的也總是有不少人，這回便要殺雞儆猴，讓那些人看看她可不是軟柿子。

如今東興村有個縣衙派在這裡的班房，平時就負責處理村裡的矛盾糾紛，這會兒直接去請他們來拿人就是。

俞涼明白了南溪的意思，立刻點著燈出去請人。很快地，就有兩個眼熟的衙役跟著他一起回來。這兩位衙役都是之前住在隔壁的人，時常買酒喝。

眼下這情況不好說別的，他們只是問明了緣由便將地上兩人帶走了，說好明日發往縣裡。

南溪一家明日也得上縣裡一趟，必須要把這件事給定下來處理掉。

一夜無話。

第二天早上村裡開始慢慢傳起南家酒坊昨晚發生的事。

隔壁的酒坊老闆江生財這下終於露面了。他一個人帶著幾張面額不小的銀票來東興村。

他當然知道兩個兒子出去幹什麼，到下半夜還沒見到人回家，他便知道壞了，所以一大早過來想私下解決。不料剛進村就聽說兩個兒子被官差抓了，頓時嚇得出了一身冷汗。

不管多有錢，民還是怕官的。

他想著趕緊去和南家那小娘子賠個禮，私下解決就算了。結果走到南家才發現院門緊閉，不管怎麼拍都沒有回應，顯然是沒有人。

這麼早，人都去哪兒了？

當然是去縣裡了。

眼下都快過年了，加上建房子的事，大家的時間可是很寶貴的。早些出門，到縣裡的時候，正好可以趕上大人上衙。

俞涼因為最近石材的買賣已經和主簿混熟，加上時不時送的酒水，他對南家印象還是非常不錯，所以提點了許多在公堂上該說的和不該說的話。

這案子其實簡單，江老闆的兩個兒子又是吃不得苦頭的。堂上大人將驚堂木一拍，板子才打五下，他們都招了個乾乾淨淨。

如此罪名已然成立，大人依照律例，判了兩人鞭笞三十，刑期十年。

等江老闆趕到縣衙時，一切已經塵埃落定了。本就提心弔膽的他在聽到判罰結果時，急火攻心直接倒在了衙門。

這個年，江家是別想好過了。

南溪才不同情他，自作孽而已。

第三十一章

村裡發生這樣大的事情，議論了一陣子。不得不說，有了這前車之鑑，還真是震懾住了不少人。

隔壁村酒坊的人沒再來找過麻煩，南溪也沒放在心上。今日大過年的，得開開心心才是。

盧氏一大早就起來忙了，晚上要做一大桌子的菜，有些炸物得提前做出來。上午備菜，下午便開始做，這樣晚上就不會手忙腳亂了。

小牛兄妹倆和十五在家幫忙，阿麥則是跟著俞淙還有姊弟倆租了條船出去。

這會兒已經開始退潮，他們沒划多久便在一處荒島停下來。

南溪仔細瞧了下，這島並不是上次和春芽他們一起來的那座。

難得划船出來趕海，四個人雄心萬丈，準備多扒拉些海物回去晚上添菜。他們分了兩組，阿麥和南澤一組，俞淙和南溪一組。分開時南澤還朝著姊姊眨了眨眼，簡直早慧過了頭。

南溪紅著耳朵，提著籃子，自顧自沿著沙灘開始翻找，這時綁好船的俞淙才追上來。

「耳朵怎麼紅了？太曬了？」

真是哪壺不開提哪壺，南溪嗔了他一眼，沒回他。

「快點找，一會兒太陽真曬起來了。」

俞涼接過木桶和鉗子，老老實實跟在心上人身後，兩人一會兒扒蛤蜊，一會兒摸花螺，還潛水下去扯了些扇貝回來，收穫著實不小。

只有俞涼一人下水，這會兒他一個人衣裳是濕的。島上從來沒有冬日，即便是十二月，他也僅穿薄薄一件的衣裳。現在那衣裳沾了水緊貼在身上，清楚明白顯露裡面的肌肉線條。

南溪抱著椰子猛喝兩口卻還是感覺有些渴，想看又不好意思明目張膽地看，只好結結巴巴地建議他把衣服脫下來擰乾了，放石頭上曬一曬。

總不能這樣濕答答的回去。

其實海島天氣常年炎熱，海上勞作就沒幾個人會穿上衣，村裡也是，經常都是穿著空蕩蕩的短褂，露出兩條油亮的胳膊。

俞涼也不扭捏，直接將衣裳脫下來擰乾放到礁石上，轉頭從另一邊稍矮的石頭下去入了海。

「小溪，我去海裡看看有沒有什麼吃的，妳在這兒幫我看著衣服，別讓風吹跑了。」

聽到這話，南溪才回過頭來，一見人沒了，連聲音也沒有了。她心一慌，趕緊跑到礁石上。待看到海裡那個光滑的脊背時，這才放心在那塊矮礁石上坐下。

俞涼應當是水性極好，潛入海裡好一會兒才會浮出來透氣。他泅水的姿勢也很好看，像條魚一樣靈活。瞧著他那般自在，南溪都有種想下水的衝動。

不過青天白日的，下水衣裳會濕透，還是算了，她瞧瞧就行。

兩刻鐘後，俞涼游得越來越遠，出來透氣的時間也越來越少。南溪很擔心，叫了好幾聲，才見他朝自己這邊游回來。

因為她坐的礁石比較矮，俞涼直接游過來伏在她旁邊，眼睛亮晶晶地望著她。

南溪被盯得有些臉熱，一邊不經意地看水上露出來的半邊肩膀，一邊小聲催促他上岸穿衣。

「先不急，小溪妳看看，我給妳帶回了什麼。」

俞涼低頭在水裡弄了下，提著一串被水草捆好的大貝殼出來。他力氣大，直接掰開了一個，從那嫩生生的肉裡擠出好幾顆珠子來。

「這珍珠沒有首飾鋪子裡的圓，但還是很漂亮。等拿回去，全都開出來，串一條手鍊給妳，好不好？」

南溪「嗯嗯」點頭，她很喜歡這些小玩意兒。尤其還是他這麼有心去海底撿回來的。

「快上來吧，咱們今天收穫差不多了。」

俞涼不肯，笑著要她親一下額頭才肯上岸。南溪一瞧弟弟和阿麥都不在這附近，低下頭準備親一口。結果才湊上去，突然看到俞涼身後不遠處竟有一條環形花紋的蛇游過來，嚇得她立刻伸手去拉人。

「有海蛇！大涼哥，你快上來！」

住海邊的人家都認識海蛇，輕輕一口就能要了人的小命，任誰都救不過來。

俞涼不敢託大，立刻順著從水裡翻上去。兩人靠在一起，緊張地看著那條蛇越游越遠才漸漸回過神來。

他們好像靠得太近了……

這樣面對肌肉的場景，南溪感覺自己都快要呼吸不上來了，她嚥了嚥口水，想起上回跟春芽一起到荒島上趕海的情景。

春芽當時好像也和林三哥貼得這麼近。

「在想什麼？耳朵都紅了？」

「我……我想起上回和春芽夫妻倆去荒島趕海，他們、他們……」

他們後面做了什麼，不用問，只看眼前人紅得滴血似的耳朵便能猜到一二。

這樣乖巧伏在自己胸膛上的丫頭，這樣旖旎的氣氛，若是再不做點什麼，他自己都會遺憾的。

俞涼收緊胳膊迫使她抬起頭，毫不猶豫地親了下去。本來只是纏綿，單純親吻唇瓣，可南溪又想起春芽那次讓人心慌的伸舌頭問題，忍不住便想試一試。

結果……

差點斷了氣。

要不是聽到弟弟在叫他們，俞涼都不打算鬆手。

南溪軟綿綿地靠在礁石上捂著嘴喘氣，眼裡是說不出的瀲灩光彩。

俞涼嚥了嚥口水，輕輕捏了她小臉一下，才起身啞著聲音道：「我先穿衣裳把東西帶過去，妳……一會兒再過來。」

「嗯……」聲若蚊蠅卻甜過蜜糖。

俞涼又看了她兩眼，這才穿上衣裳提著桶，朝船走過去。

一刻鐘後，南溪恢復了力氣，從礁石後走出來，若不看唇的話，倒是沒什麼問題。所以她一上船便靠在船舷上拿帕子蓋住臉。

南澤問她，她便說是太陽大了曬得不舒服。

俞涼只是笑，背地裡被掐了好幾把卻也甘之如飴。

中午，全家人簡單吃了一鍋麵條後，便開始忙碌起來。殺魚的殺魚，撬海蠣的撬海蠣。

十五在一旁剁骨頭，剁得砰砰作響，俞涼則是在一旁剁肉餡，聲音也是連綿不絕。

吵雖吵，卻是許多人難以享受到的家的味道。

南溪現在已經不執著於自己的廚藝，倒是南澤對做飯很感興趣，跟在盧氏身邊看她做菜問個不停。

「小澤啊，你問這麼多是想學做菜？你學這個做什麼？」

「當然是學好做來給阿姊吃啊。盧嬸嬸年紀大了，以後總不能還讓她來煮飯吧。」

好傢伙，這是打算等姊姊成親後，親自掌勺。

南溪被弟弟這話逗笑了。

「就不能是我來做嗎？」

南澤嚴肅地搖搖頭。

「阿姊，妳那麼忙，有空還是多休息。做飯只是小事，我來就可以的。我現在已經學了好幾道菜，等哪日我做來給妳嚐嚐。」

瞧他這樣子倒不是在說笑，這下連俞涼都看過來。

阿麥忍不住打趣道：「小澤，你這麼能幹，有人要被比下去了。」

俞涼剁肉餡的手一頓，忐忑道：「要不以後還是我來做飯吧。」

哪有讓小舅子來做飯的。

「算了吧，大涼哥，你那手藝還不如我呢。」

南溪笑得很開心，不過心裡卻是真的想著成親後的飯食問題。

眼下家裡人越來越多，每日要做的飯菜也在日漸增長。尤其還有十五這個大胃王。盧嬸嬸眼睛不好，確實該讓她少做事。以前是沒條件，現在手裡也有餘錢了，總是要讓她過得清閒。讓弟弟做，那不可能，他還要唸書呢。

至於自己和俞涼麼，偶爾做一下還行，天天做的話，味道實在不敢恭維，還是不要為難了。

要不培養一下二丫？這小丫頭也是個心靈手巧的人，就是背後那家人太難纏，讓人難下決斷。

到底該怎麼解決呢……

爆竹聲聲辭舊歲，鑼鼓陣陣迎新年。

有什麼不高興的事，大家都很有默契的不再提起，過好年才是最重要的。

一家子高高興興地吃完團圓飯，一起守歲到子時才各回各家。

第二天是大年初一，南溪一起床便收到一個大大的紅包，是盧嬸嬸給她的。

這倒是提醒她，也得準備紅包給弟弟還有二丫他們。

「阿姊起來吃麵啦，一會兒坨了！」

「知道啦，起來了！」

南溪趕緊爬起來穿好新衣裳，又正經梳了個小髮髻，正好戴上俞涼買給自己的新年禮元寶簪。

新年嘛，就是要穿得漂漂亮亮的。

這是她頭一次這樣過新年，很新鮮。她打扮好又在鏡子前轉了轉才出去吃麵。

初一這邊的習俗是要吃素，所以早上只有簡單的一碗素麵，不過盧嬸嬸親手擀的麵條，軟滑彈牙，味道也不差什麼。

「溪丫頭，我蒸了幾個花卷饅頭，一會兒分給十五後，記得留兩個給二丫和小牛。」

酒坊裡放了假，今日兄妹倆沒有來吃早飯，想也知道他們在家肯定吃不飽肚子。相處這麼久，盧氏也是很疼小牛和二丫的。

南溪應了一聲，吃完麵便帶著弟弟去送吃的給十五。送完後，兩人特地繞路去了趟李家。

又是隔著老遠就聽到裡頭的咒罵聲，大過年的居然也不消停。

「小澤，你別跟我過去了，你回去叫大涼哥過來，若是一會兒我跟他們吵起來，他比較有用。」

被姊姊嫌棄的南澤低頭看了看自己的小身板，聽話地轉身就跑。

「打死你這個喪門星！別以為你一個月拿點錢回來就了不得，等契約一滿立刻把你賣到碼頭去！」

「你賣就賣，賣我就成了，為什麼還要賣妹妹？」小牛的聲音悲憤異常，隱隱還帶著絕望。

南溪不敢耽擱，直接上前敲了門。

南家現在生意有多好，有眼睛的人都看得到。李大牛一見是南溪來了，立刻殷勤地讓白氏去搬了板凳過來。

「大年初一，南老闆不在家等著看麒麟舞，怎麼到我家來了？」

他雖然在和南溪說話，眼睛卻直勾勾盯著她提的籃子。

南溪也沒藏著掖著，直接掀開籃子上的遮布，露出裡面的花卷饅頭。她朝兄妹倆招招手，叫他們過來。

二丫被打了一巴掌，臉都腫了，看到南溪對她招手，頓時沒忍住，痛哭了起來。

「南溪姊！」兄妹倆彷彿小雞見母雞似的都跑到她身後站著。

李大牛想要動手又顧忌著南溪。他看到籃子裡就幾個饅頭，臉色變得不太好看，也少了幾分殷勤。

「南溪丫頭，妳跑到我家來就帶這麼點東西好意思啊。聽說妳都是一個月賺幾百兩的大老闆了，怎麼也得大方點嘛！」

「李大叔說笑了，我和李家又沒有什麼姻親關係，實在沒必要送禮。」

白氏撇撇嘴，嫌棄道：「南老闆既然這樣說，咱們也不好招待什麼，那妳就回去唄！我們家的事，應該輪不到妳插手吧？」

李大牛應和了一聲。兄妹倆抓著南溪衣裳的手，下意識地緊了緊又鬆開。

「南溪姊，妳回去吧，別跟他吵。」

南溪沒說話，卻也沒走。她這個人討厭麻煩，但也不是沒心肝。今天一走，兄妹倆絕對會被打得更慘，而且剛剛進來的時候，她還聽到要賣了二丫，這種情況怎麼能走。

「李大叔，不管怎麼說，我現在還是他們的老闆，今日我不放假了，要帶他們回去做事，沒問題吧？」

「妳！大過年的還要讓他們做工，那得加工錢！」

兄妹倆皆被震驚了。不過這確實是他們爹會說出來的話，他們的存在就是為這個家賺錢的。

南溪痛快答應了，直接拉上人就走。

臨出門前，正好碰見一路跑過來的俞涼。他很擔心，抓著人上上下下先打量了一遍。

「妳沒事吧？」

「我沒事，是他倆被打了。」

俞涼這才注意到兩個小可憐。

「行了，咱們回去再說。」

南溪拉著人急匆匆回到南家，一邊為兄妹倆敷藥，一邊問今日為什麼挨打。

小牛眼睛又紅了。「昨晚我睡得晚，聽李大牛喝多後跟白氏說起妹妹的事。他們說平安村那邊有戶秦姓人家，最近家裡有些倒楣，連死了兩個大人，家裡唯一的兒子也重病在身，說是要娶個媳婦沖喜才行。那家兒子才五歲，所以要找個童養媳，李大牛說那家人願意出十五兩銀子。」

十五兩……

普通村裡的大姑娘成親都不一定有這麼多聘禮，現在嫁過去還少吃家裡許多糧食，李大牛夫妻會心動很正常。

南溪聽完倒是鬆了一口氣，能用錢解決的都不是問題。家中最近銀錢雖然花得凶，但幾十兩銀子還是拿得出來。

南溪沒想多久，心裡便冒出個主意來。

「小牛，二丫，我能讓你們離開那個家，但是你們得變成奴籍，你們願意嗎？」

二丫還有些懵懵懂懂，小牛卻是瞬間明白了，立刻拉著妹妹跪下磕頭。

「南溪姊，我們願意！」

俞淙趕緊把人扶起來，他也明白小溪是要幹什麼，心裡想著這回他得陪著一起去才行。

「你們那個爹，說白了就是貪錢。只要拿得出銀子，他就能賣兒賣女。」

不過，不能由她出面買人，不然那兩口子必定會漫天要價，誰讓自己捨不得兩娃受苦呢。所以得讓別人去買，買了再賣給自己。

南溪心裡有好幾個能辦這件事的人選，這些就暫時不用跟兩個娃說了。

「到時候買了你們回來，還是和以前一樣，該做什麼做什麼。等你自己長大能立戶了，我再給你銷奴籍。」

她已經為兄妹倆盤算好了，大的能立戶就給他銷掉，小的等她嫁了人也給她銷掉。所謂在家從父，出嫁從夫，等嫁了人，李大牛想再賣女兒卻是不能了。

兄妹倆倒是沒想那麼遠，不過他們知道自己終於可以擺脫那個爹了，兩人抱著南溪的腿，「嗚嗚嗚」哭得很是傷心。

這場面大過年的實在招人耳目，所以外頭跳麒麟舞的隊伍來了，他們也沒好開門。

快中午的時候，大家心情才調整過來，安安靜靜吃了頓素菜宴。

晚上再不情願，兄妹倆還是要回家去。

南溪再三叮囑。「你們回去，他們要罵就罵，不要頂嘴也不要和他們辯駁什麼。讓你們幹活就勤快些，明兒一早出來就說酒坊要幹活。」

兩個娃如小雞啄米似的點頭，很快由著俞涼送回家去。

初二是各家媳婦回娘家的日子。

盧氏只有幾房遠親，母子倆便一起去走走。

他們一走，南溪也出了門，直接去碼頭尋了吳老闆。

碼頭上可沒有過年不通航的規矩，所以碼頭上依舊熱鬧，店鋪自然也都開著。

吳老闆是個爽快人，他在好幾個地方都有滷味店，而且還有點別的副業。他手底下的人多，南溪打算找他，派個相貌略精細的人偽裝成乘船出遊的少爺。

這少爺在村裡迷了路，敲了李家的門，還十分大方地給錢住一晚，然後看上兄妹倆直接出錢買人。

李大牛九成九會上鈎，等銀子一拿出來，白氏也顧不得什麼了。

南溪把自己的來意一說，吳老闆想都沒想就點頭答應借人了。他還想長長久久和南家做酒水買賣，這種難得的幫忙機會當然要抓住。

於是第二天，一個衣著華貴的男人敲響了李家的大門。

「誰呀？敲敲敲，煩死了！」

門一開，扮少爺的男人立刻作了一揖。

「實在不好意思，打擾兄臺了。鄙人同小廝走散又迷了路，不知能否討碗水喝？」

李大牛眼冒精光，看著這富貴一身的少爺立刻殷勤地將人請進門去。

「有水，有水，還有飯呢！」

一陣風颳過，李家的大門緩緩又闔上了。

住了一夜後，大少爺看上夜晚回來的兄妹倆，他便和李大牛夫妻倆商量著要買下兄妹倆並帶走。

一看那大少爺「啪」一聲，拍下一張五十兩的銀票，夫妻倆眼都直了，被忽悠著直接找人簽下了賣娃的契約，還是死契。

大少爺拿著賣身契，心滿意足地走了，臨走的時候說了第二天會直接過來帶人走。

等人走了，銀票也摸夠了，夫妻倆這才想起當初跟南家簽的那張契。

白氏有些擔心道：「當家的，方才腦袋一熱就簽了契，現在可怎麼辦才好？南家那丫頭好似還挺喜歡二丫他們的，要是知道咱們賣了，肯定會找咱們賠錢的。」

一個小牛就得賠五十兩銀子……

這麼一想，白氏覺得懷裡的銀票有些燙手了。

李大牛哼了兩聲，一點也不怕。

「賠錢就賠錢，咱們沒錢怎麼賠？我要是怕，就不會想著把二丫賣去做童養媳了。都是一個村的，她還能打殺咱們不成？她要真敢找咱們要錢，那咱們便每日到她那酒坊前哭訴，看她生意要怎麼做。」

他又不是沒當過無賴，有錢人就怕這個。南家那丫頭在村裡也沒幾個親戚，就一個未婚夫俞涼，那小子也沒什麼好怕的。

再說，他又不跟人打架，就是在酒坊外頭嚎兩聲，誰能管得了他。

李大牛被那五十兩銀子沖昏頭，一點都不後悔賣了兒子和女兒。當天晚上兩口子在兩娃喝的水裡下了點使人昏睡的藥，等娃一睡熟，立刻堵上嘴，手腳也綁上。

天一亮，就把人送走了。

南溪收到消息，立刻就帶著俞涼和十五過去要人。

李大牛很狡猾，對著一眾村民開始撒謊。

「南溪丫頭，小牛和二丫是被他們舅舅接走了。他舅舅那兒有好活計，兩孩子也願意和他們走，我當然不能攔著，妳說是不？」

他這樣一說，南溪再找他要錢，好像是見不得兩孩子過好日子一樣。

南溪本來也不是真的來要錢，看李大牛演了一會兒，便帶著人走了。

等年過完，南溪去了躺縣城，回來的時候大大方方地帶回了兄妹倆。

聽說了這件事的李大牛當然不信，立刻就跑去南家酒坊。

這會兒兄妹倆特地穿了破爛的衣裳，頭髮也亂糟糟的。好多村民都在打聽這是怎麼回事。

「南溪丫頭！小牛和二丫怎麼會在妳這兒？」

南溪冷哼一聲道：「李大叔這話問得好，我也想問你怎麼回事呢。你不是說他們兄妹倆是跟著舅舅有好去處了嗎？為什麼我是在牙行看到他們的？」

至於南溪為什麼會去牙行，這個村民倒沒懷疑什麼。因為南家酒坊已經擴建起來了，等真正落成的時候，一忙起來人手肯定不夠。先前她買了十五，再買幾個人也不奇怪。

「李大叔當真是好狠的心，虎毒還不食子呢！你居然把小牛和二丫賣了，簽的還是死契！」

南溪一說完，兄妹倆便抹著眼淚，「嗚嗚」地傷心哭了起來。

平時大家不願意上門管閒事，因為李大牛凶巴巴的還很魁梧，現在人那麼多，他又確實幹的不是人事，村民們頓時怒了，一聲聲罵著他。

「果真是有了後娘便有了後爹，可憐小牛娘生前最疼兩個孩子，你們兩口子也不怕她半夜爬出來找你們索命！」

「太可惡了！咱們村裡怎麼有這樣沒有人性的傢伙！」

「這無病無災的，村裡日子也眼看著越來越好，何苦要賣兒賣女，這可是要被戳脊梁骨的！」
一個年紀稍大的阿伯說得還算委婉，旁邊的村民立刻就嘲笑起來。
「李大牛前幾日說的可是兄妹倆被舅舅家接走了，若不是南溪丫頭把人買回來，誰知道他賣兒賣女。」
周圍村民紛紛附和，一人說一句，李大牛臉皮再厚都覺得有些扛不住了。
「里正來了！」
不知誰喊了一聲，圍著的人往後一看，立刻讓出一條道來。
里正的臉黑得嚇人，一見李大牛便一枴棍抽上去。
雖說他不是李大牛的親屬長輩，可他是一村之長，有這個資格打人。
「畜生不如的東西！東興村的名聲都要叫你給敗壞了！小牛兄妹倆是哪裡不好，他們都能自己幹活掙錢了，你還要賣了他們！」
李大牛還要狡辯說確實是小牛舅舅接的人，南溪直接拿出他和大少爺簽的死契。
契約可作不得假，確確實實是他賣的人。
里正又氣得打了他幾下。
李大牛對著幾十雙眼睛，也不敢犯渾了。他要是反擊里正，一會兒這些人就要一起揍他了。

「溪丫頭，妳把小牛他們帶回來，那他們的賣身契……」

南溪拍了拍自己的荷包，大大方方地答道：「賣身契都在我這兒，我自己掏錢又把他們買回來了。」

簽了死契的人比活契貴得多，不用想都知道肯定花了很多銀子。

里正眉頭皺得能夾死蒼蠅，他用枴杖戳了戳不吭聲、不抬頭的李大牛，叫他拿錢來贖人。

說到錢，李大牛頓時有勁了。

「這人都回來了，還要什麼錢。反正他倆還是在這裡幹活，就拿工錢抵唄。」

話說得無恥至極，里正都氣笑了。「所以你是不打算要這兩個孩子了，是吧？」

李大牛頓了頓，沒有說話。但他的意思很明顯，就是不想要了。

小牛這回不用薑熏，眼淚就自己往外冒起來。他早就明白這個爹根本不在乎自己和妹妹，可真正親眼看到還是會想哭。

兄妹倆不哭嚎了，可默默流淚卻更令人心酸。幾個大嬸都跟著掉起眼淚。

里正一抬頭，接收到南溪的眼神，心中一嘆。

「既然你不願意為兩個孩子贖身，也不願意要這兩個孩子，那你寫個斷親的書契給我。以後這兩個孩子就是南家的人，不管生老病死，你都不許再來找兩個孩子，不許和他們有任何來往。」

李大牛毫不猶豫地同意了。

寫了斷親書，就可以不用拿銀子出來，多好的事。這兩個小畜生心中恐怕恨極了自己，以後也是指望不上，他怎麼可能會要。

俞涼動作很快，轉頭就進屋子裡取了筆墨出來。由里正親自撰寫，再由李大牛來按手印。

輕輕一下，父子、父女的親緣便就此斷絕。

李大牛摁完手印，輕輕鬆鬆的走了，連個眼神都沒給兄妹倆。

小牛已經調整好心態，心裡倒也沒再難受，二丫眼裡更是慶幸。

南溪吹了吹紙張上的墨，心想再讓他得意一日。等安頓好兄妹倆，她明日便到衙門告狀去。

她的五十兩銀子可不是那麼好拿的。

第三十二章

南溪將小牛暫時安置在酒坊裡，和十五一起住。二丫則是跟著自己住家裡，她才七歲，人也瘦小，兩人睡一床也不擠。等明日在存酒的小屋子裡搭張小床給她就行。

這樣的安排，兄妹倆都沒有意見，他們現在渾身輕鬆，再也不需要回家看爹和後娘的臉色。

算了算時間小牛也工作好幾個月了，南溪便把每個月存放在自己這裡的工錢都給了他，用來置辦他和妹妹要用的東西。

安頓好他們後，第二天南溪拿了當初那張契約去縣衙，狀告李大牛夫妻違約，要他賠錢。

李大牛被衙役押走的時候，整個人都是懵的。等真正跪到縣衙大堂，面對威風凜凜的衙役還有那冷著臉的大人時，腿直接就軟了。不過他還是不肯賠錢，結果被按在板凳上打了十板子才改口說願意。

這不願意也沒辦法了，不給錢就回不去。

白氏心中恨啊，萬萬沒想到這死丫頭是真敢告官，不得不把沒捂熱的銀票拿了出來。

這下可好，折騰了一番挨了十板子，屁都沒有得到，還沒了兩個幹活的小工，日後二丫長大也拿不了聘禮。

李大牛走出衙門的時候臉色很難看。南溪知道他肯定會報復回來，於是回到村裡後，找吳老闆借了幾人專門盯著李大牛。

十天後養好傷的李大牛嚥不下這口氣，趁著夜色，抱著一捆易燃的柴火和火油到南家酒坊後頭，剛點上火，就被四、五個漢子摁倒了。

幾個人也沒先滅火，反而是高聲喊叫，吸引周圍鄰居都靠過來後，才把火滅了。

此時南家酒坊的外牆已經被燻得黑乎乎一片，晚了也看不太真切。不過只是土坯而已，明日用泥漿再糊上一層也就看不出什麼了。

出了這樣大的事情，碼頭的衙役很快地趕過來將李大牛捆上帶走。

村民們看到是李大牛，大多都不意外。

「這人一看面相就不是個好的，這些年一直打孩子，抓走了正好。」

「他這是放火殺人，這得判幾年啊？」

「那得看他能賠多少錢了。要是賠了錢，苦主不追究，大概也就沒什麼事吧？」

悄悄藏在人群裡的白氏聽到這話，咬了咬牙趕緊跑回家。

丈夫拿著火油走的時候，她就知道不妙了。最近就自家和南家結了怨，燒人屋子，人家不是一看就知道是自家所為嗎？可她不敢勸，一勸就挨打。

現在丈夫被抓了，搞不好還得賠很多錢。家裡一共就攢了三兩銀子，還有自己的一點首飾，最值錢的就這屋子了。

三兩銀子賠給人，南家肯定看不上，別到時候真要賣屋子吧……

白氏急得如熱鍋上的螞蟻，翌日一打聽丈夫當真被送到了縣裡。村裡好多人都作證，丈夫這個縱火的罪名是板上釘釘逃不掉的！

難道真要賣了屋子去贖他？以後連個落腳的地方都沒有，一邊照顧兒子，一邊得伺候大爺？

她不願意，所以非常乾脆地拿著地契和自己的首飾去縣衙，表演了一番自己花光所有錢都要救丈夫出去的樣子，然後順利從李大牛手裡拿到委託書，由她全權處理房子的售賣。

白氏在里正那兒哭哭啼啼地說要賣房子救夫，又拿出委託書，里正也不好攔著，自然答應了。

不到兩日，那屋子便以四百兩的價格被一個富商買下，然後白氏就帶著兒子直接去縣城。

「阿姊，白嬸嬸有了錢為什麼不上門賠錢，反而要去縣城裡呢？」

南溪笑了笑不說話，傻弟弟哪知道女人狠起來有多絕情。那白氏絕對是帶著錢跑了。

四百兩銀子呢，那麼多錢。

不過這麼多錢，對於一個沒出過遠門的婦人還帶著個孩子，恐怕落不著什麼好。

南溪猜對了一半，那白氏還是有幾分小聰明在的，她把銀票分別縫在衣襟、後背、鞋底、褻褲中，外頭就只留幾兩碎銀銅板還有首飾。整個人打扮灰撲撲的，連兒子都故意餓瘦了些。

她一路往北跑，雖然倒楣的被偷走了三百兩銀票，到底還是留下一百兩。

半路上，她遇見一商隊，捏造了個剛死了丈夫被婆家趕出門的寡婦形象，然後很快跟一個鰥夫小老闆湊在一處。

原以為能做個正頭夫人，誰知他竟是騙她的，家中早已有了妻房。挺著肚子的她最後只能捏鼻子認了，入門做小妾，過上了水深火熱的生活。

這些都是後話了，眼下她剛跑，村裡傳得沸沸揚揚。

沒有了賣房子的銀子，李大牛很快被判了鞭笞三十，流放北地。終其一生大概都不能再回來了。

兄妹倆沈默了幾日，在南家熱鬧的氣氛下又恢復了往日的生氣。

新年後，南家又忙碌起來，隔壁屋子和酒坊都要趕緊完工，新製的乾酒也要一鍋接著一鍋開始蒸出來。

南溪將自家的新酒裝了兩斤，分別送了些給幾家掌櫃老闆品嚐。

這酒不像果酒那樣要特定的時令才可以釀，所以可以一直供貨。若是有掌櫃老闆喝了覺得不錯，就可以上門先預訂起來了。

吳老闆那邊沒有消息，因為他的滷味鋪子還是以滷味為主，普通酒水都有固定的交易夥伴，乾酒雖好，但人家重信義。

這邊沒下文也無妨，還有別的老闆們。

南溪定價是二十文一斤，山上的余陶痛快地訂了兩百斤，周邊酒樓客棧也陸陸續續來訂了上百斤。

新酒的名聲瞬間就打出去了。

眼見著南家酒坊生意越來越好，許多村民都開始上門想求得一個進酒坊做事的名額。

擴建的酒坊那麼大，不得招個十人、八人？

肥水不落外人田嘛！

南溪也一直琢磨要和村裡打好關係，從村民裡雇人也不是不可以。釀酒是體力活兒，雇幾個大漢，大家都能輕鬆。反正酒麴是自己獨家的，別人想偷師都偷不著。

想明白了，南溪便讓里正通知村裡所有的村民，準備第二天在南家院子外辦個招工大會。

這會兒，她正在讓弟弟寫這次要雇人的條件。

小澤去上學了幾個月，字是寫得真好。反正比南溪和俞涼的字漂亮多了。

「來，第二條寫上，年齡必須二十以上，四十五以下。」

「第三條，在村裡沒有壞名聲，比如偷雞摸狗，家暴妻子、孩子，還有不敬老人的。」

南溪一條一條唸下去，南澤不知不覺竟寫了十幾條，他自己拿起來看都覺得驚訝。

「阿姊，妳這要求這麼多，真能招到人？」

南溪笑咪咪地上前吹乾墨，拍拍弟弟讓他早些睡覺。

這才十幾條呢，哪裡就多了？這人啊，貴在精不在多。村裡幾百人，她就不信淘不出幾個好的。

招工大會的布幡一掛上，提前得知消息的村民們都一窩蜂跑來報名了。

南家酒坊的生意那麼好，工錢肯定也高，又還在村子裡就近幹活，誰不想有這樣一份工呢！

眼看著人越來越多，請來登記的老童生都快被擠到桌下了。

南溪站在凳子上拿起鑼敲了下。

「先別擠、先別擠！報名是有條件的，擠再前面不合標準也沒有用！」

村民們懵了，報名還要條件？

俞涼聲音大，拿起昨日南澤寫的一大串要求，先唸了一遍，並強調不會更改後，年齡不合格的先走了十來個。接著又有自己名聲不好的又走了七、八個。然後身上異味太重的也走了四、五個。

這倒不是南溪歧視有狐臭的人，實在是進嘴裡的東西要注意環境衛生。島上天氣這麼熱，稍微動一動就會流汗。在酒坊裡做事，汗就沒停過，有狐臭的人身上味道自然更重，誰知道會不會沾染到糧食上。

稀稀落落走了大半人後，還有三十來位村民。

南溪瞧見了好些熟人，別的她不管，先給俞涼指了幾個人，讓他請走。

無緣無故的，那幾人當然不願意了。

「這是幹麼？我們年齡合格，名聲也不差，其他條件也符合，為什麼不讓報名？莫不是你們早就定了人選，卻耍著我們玩？」

南溪笑了。「我可沒那工夫耍你們玩。你們為什麼不合格自己清楚，林家喜事那天的事，不會這麼快就忘了吧？」

幾人聽到「林家喜事」莫名心虛。雖然他們不知道阿毛娘為什麼要拿錢叫他們給俞涼灌酒，又讓他們起鬨叫俞涼送二叔公回去，但肯定不是什麼好事。

瞧瞧南溪現在那臉色，幾人到底也不是沒臉沒皮，頓時灰溜溜地走了。

隊伍裡有兩人吵了起來，聲音也越來越大。

「你才德行不好，裝什麼裝，前些日子我還聽見你在打媳婦。」

「你也好不到哪裡去，毛阿婆家的雞就是你偷回家吃的。我還看見你女兒將雞毛做成了毽子！」

於是，這兩人也被請走了。

剩下的人暫時都是符合條件的，南溪讓他們先排隊登記，自己則是拿個小本子圍著他們轉了轉，然後記下了一些東西。

很快招工登記都完畢了，南溪帶著他們先去酒坊試了下手上的力氣，又記下一些東西，便讓他們回家去，下午再過來一趟。來之前必須全身都洗一遍，手指頭、腳趾頭都要洗乾淨了才能來。

這些要求奇奇怪怪的，不過她是老闆呢，大多數人還是聽從。

下午來的時候，幾乎人人都換了身乾淨衣裳，看得出來臉面也仔細洗過。

南溪讓他們按照登記的順序排隊，一個個地看過去，然後在小本子上勾勾叉叉的畫了一番。

「好啦，最後選定的名單，我心裡有數了。現在我唸到名字的，一個個過來，到俞涼這裡領上二十文，算是耽擱大家一天時間的補償。」

所有人都緊張起來。

「吳大力！」

隊伍裡的吳大力難以置信地看著南溪，不服氣道：「為什麼我不行？我每條都合格，力氣也比好幾個人大！」

「是，你的力氣很大，別的地方也都合格，但你是個不配合的人。我今日說了，下午你們得洗乾淨了才能來。你衣裳雖然換了，但根本沒洗澡，身上味道很重。還有你那指甲縫，一看就知道有沒有洗過。我是酒坊老闆，都已經明說了，你還是不當回事，那我為什麼要雇你？」

吳大力縮了縮手，他確實沒當回事，回家就躺下休息了。這下沒什麼好說的，好歹還有二十文錢拿，再鬧就沒有了。於是他爽快地拿上銅板回家。

剩下的人，有人坦蕩，有人心虛，都等著南溪繼續唸名字。

「莫小虎！」

「啊？為什麼是我？我可是真的洗了！」

莫小虎覺得委屈。

南溪將他上上下下又瞧了一遍才答道：「你洗是洗了，卻是敷衍。頭髮應該都沒解開過吧？上午夾在裡面的花瓣，現在還在。露出來的腳腕上也有一層灰垢。在我的酒坊裡，幹活不需要多聰明，要的是聽指揮，還要認真落實的。你不適合我們家酒坊。」

他的名字旁打了個十分顯眼的叉叉。

莫小虎也領錢走了。

「俞明！」

這是俞涼隔了好幾房的親戚，他也張嘴想問問自己哪裡不行。

南溪直接說：「我知道你都洗乾淨了，但是你愛摳頭又愛摳腳，今天只是在門口排隊的工夫，我已經看見三次了，相信看不見的時候會更多。而且，你的頭髮上有很多白屑，攪拌糧食的時候掉進酒缸怎麼辦？」

俞明臉一紅，訕訕接過錢走了。

接下來再被唸到名字的人沒再去問原因，都是乖乖領了銅錢就走。剩下最後十人，是她為酒坊挑出最合適的人。

這些人既然要留下來工作，那一定要簽契約，於是南溪帶著他們去了里正那兒把雇傭的契約辦得妥妥當當。等忙完了，她也是累得慌。

俞涼有心想幫她按摩解乏，偏偏現在沒成親，一時也沒有機會。

晚上南溪將阿麥和十五他們都叫來，和他們說了酒坊擴建後，特意留了兩間屋子給酒坊裡幹活的人住。因為是大通鋪，一間屋子能睡上十個人，她問他們要不要搬過去住。

阿麥第一個應了，他本就不適合跟俞涼住在俞家。十五沒說要搬走，他還是喜歡一個人住在最開始的那間酒坊。小牛也說要搬，因為他和十五一起住，十五的床太小都不好翻身。

聽到小牛要搬走，十五抬眼看了看他，不過也沒說什麼。兩人住得不長，感情好像也沒有那麼深厚。

南溪問完了，直接將那邊屋子的鑰匙給了阿麥保管。等人都走了，她才抓著俞涼去說悄悄話。

「明兒我先處理屋子這邊的事，我盯著這邊。你去酒坊好好帶新招進來的那些人，認識酒糟、池子什麼的，還有……」

她話沒說完呢，先被咬了一口。

「沒良心的，一整天沒說上話，一說就是酒坊的事。」

南溪笑他幼稚。

「酒坊要快點整頓好才好開工賺錢呀！而且等新招的工人都能處理事情了，你不就清閒了嗎？我這可是心疼你。你才沒良心呢！」

「好好好，是我沒良心錯怪了小溪，罰我再親一下。」

俞涼不給她說話的機會，乘機堵上她的嘴。

今晚又是被蚊子咬的一天。

第二天一早，俞涼便領著新招的村民們去酒坊那邊學習。大家今天都換了乾淨衣裳，裡裡外外也都洗得乾乾淨淨。

在這裡幹活，一個月有近五百文的月錢，這麼豐厚的薪酬，誰也不想丟了這份工，一個個都很聽話。

這邊俞涼忙著教習，那邊南溪也忙著家裡建房子的事。

本來圖紙都弄得好好的，現在也建了大半，眼看就要完工了。南溪往屋裡轉一圈，突然心裡冒出個想法來。

「啥？妳想把這兒打掉，在這兒建個池子？」

領頭的毛師傅十分不解，這丫頭怎那麼多主意，先是要搞個城裡才有的淨房，現在又要拆了牆，在裡頭用石頭砌個池子。

「毛師傅，你們先拆吧！我一會兒就把圖紙送來。」

南溪心念一動就止不住了，立刻跑回去拿出紙張和炭筆細細畫起來。

她想做的是浴池，之前去找余陶時，有在山上的別院裡見識過，人家那個做得又大又寬敞，聽說等圍牆一建起來，裡面灌滿水，主人家就可以露天戲水了。

島上炎熱的天氣多，自家有個池子可以泡澡戲水，想到就舒服。

南溪沒那麼大的地來建大池子，只是想著在淨房裡建一個小的，以後一家子累了便可以泡一泡，不比那大池子差多少。

她自己一個人琢磨一個多時辰才將圖紙畫好，拿去給毛師傅一瞧，人家立刻就應承說能砌，只是要多費點青石。

能用銀子解決的事都是小事，南溪保證青石能供應上，毛師傅便不再多說什麼了。

半個月後，新的酒坊已經步入正軌，俞家的院子也竣工了。

當天傍晚，俞涼特地提前一個時辰下工，一家子一起去好好參觀新院子。

還沒進裡面，只瞧著外頭結實的青石圍牆就知道裡面必定非常漂亮。

南澤之前忙著上學堂，俞涼也忙著訓練酒坊新招的工人，誰也沒進去仔細瞧過。

盧氏倒是進去送過幾次水，可她眼睛不好，當時地上又是石料又是木材的，誰也不敢讓她在裡面走動，所以她也不清楚如今的院子成了什麼模樣。

「開門嘍！」

南溪晃了晃鑰匙，上前將大銅鎖打開。

厚重的大門是南溪和俞涼一起挑選的松木，結實又耐用，刷了一層桐油，十分好看。

門一開，就能看清楚院子裡的大概樣子了。

進門的右手邊，貼著青石圍牆，有一間用磚塊砌成的小屋子，這裡是用來存放勞作工具、背簍等物品，牆上嵌了木釘，可以掛蓑衣、斗笠，若是下大雨，進門就可以在這裡脫下蓑衣，不用將水帶到正屋裡。

左手邊靠圍牆處也建了屋子，稍大些，這是家裡的灶房，旁邊則是存放柴火的地方。院子裡用青石板鋪了路，看著就潔淨明亮。水井靠近灶房這邊，很是方便。

院中種了幾棵樹，有白玉蘭、桂花和石榴，這些都是南溪愛的。至於她愛喝的椰子，都種在院子外，兩家都有很多。

盧氏雖然看不清，但手一摸就能想像出來，大讚漂亮。

正房有三大間，中間是堂屋，主要平時待客用。兩邊角落各有一道門，是兩側主臥的房門。左邊是盧氏的房間，右邊是小兩口以後的屋子。

另外正房的左右兩邊都各有兩間屋，平時放雜物或者招待客人都可以。角落裡則有兩間小屋，一間為淨房，一間為茅廁，都弄得整整齊齊、乾乾淨淨。

整個院子光是青石就花了百餘兩銀子，村裡誰路過都要羨慕一聲。

四個人從前頭逛到後頭，這裡也滿意，那裡更滿意。尤其是那浴池，連南澤都心動了。

「最近酒坊新擴建，正是忙碌的時候，等那些新招的工人都熟練了，阿姊能騰出時間來，到時候也好好整理咱們家的院子，也弄個池子給你。」

南溪沒開玩笑，而且自家本就是石頭院子，到時候花費不了多少。

俞涼母子沒有發表意見。南澤沒經得住誘惑，高高興興地應了。

新房子一蓋好，當然要請周圍的鄰居們來喝暖房酒。不過盧氏不愛折騰那些，一心只想著南溪和兒子成親時再大辦宴席，所以暖房酒就免了，只是請了些相熟的鄰居來院子裡轉一轉，然後一人送了一斤酒水嚐嚐鮮。

一斤乾酒零售價要二十二文一斤，平時大家都喝燒酒，誰捨得喝這個。拿了一斤酒又白得一個罐子，大家對俞家和南家自然是滿口稱讚，平時走親戚時，也總愛去南家買點酒水。

一時間，南家酒坊的名聲越發響亮。

當然了，名頭越響，麻煩也總會有一些。

南家的果酒出了名，又在府城賣得那樣好。今年橙子一出來，想跟風的人便一窩接著一窩。

島上收購橙子的人來了許多，幾番爭搶下竟將橙子抬到五十文一斤的高價。

這是一個令人咂舌的價錢。

「小溪，五十文一斤了，咱們還收嗎？」

「收啊，咱們五十文一斤收了，轉頭做成果酒馬上又能賺回來，外頭的那些人就不一定了。」

南溪笑了笑，很有把握，直接讓俞淙去按原計劃收上一千斤。今年跟風買，等做不出和自家一樣的橙子酒，虧了一地，看他們明年還買不買。

南溪一點也不擔心，倒是酒坊裡做工的那些人時不時會擔憂幾句。畢竟若南家的生意被搶走了，他們大概也就沒活兒了。

好在沒讓他們擔心太久，很快就有一批一批的橙子送到酒坊裡。

一群大漢整天洗得比自己全家都要乾淨，坐在酒坊裡狠狠剝了幾天橙子皮。回到家老爹老娘詢問怎麼做橙子酒，大家都說剝完拿酒一泡就是橙子酒了，別的再問便一問三不知。有心想在村裡買點消息的人，打聽了一、兩個月還是只有這個信息，最後只得悻悻回去。

膽子大又好賭的人便拿自家的酒去直接泡橙子，膽子小的人便一家買一些酒水去泡橙子。

此外，還有買南家酒水回去試泡的人。

別說，這人還真是聰明，要是流程正確，還真能泡出來。可惜他們不懂泡酒的過程裡，橙子是不能沾水的，所用的酒缸一定要用滾水燙過、晾乾才能用，多一點點髒東西都是不行的。

一群人各有各的辦法，都滿心期盼地泡上橙子酒。只是這酒聽說得六個月才能開，於是沒過兩、三個月，大家又跟風泡起了芒果酒。

瓊花島上的芒果一夜之間漲到近百文一斤，果農們真是賺翻了。

「小溪，芒果這價錢，咱們還買嗎？」

「買呀，買上兩千斤，咱們又不會虧。」

不過是自家少賺點，島上的果農多賺些，冤大頭還是島外的那些人。

島上有好幾萬的芒果產量呢！

第三十三章

南家酒坊忙著處理芒果釀製芒果酒，島外各個有心人也在折騰製酒。

芒果可不比橙子能放，摘下來放不了幾日就會變得越來越軟，然後爛掉。短短十來日想要把芒果酒研究出來，那是不可能的。

有些人自覺泡得還可以，有些人的芒果爛了一大堆。

外頭的風風雨雨都和南家酒坊沒有關係，南溪在村裡雇了多位大娘大嬸做短工，剝皮、削肉，幫著一起將兩千斤芒果全處理好，然後由酒坊的工人全部泡上。

算算日子，等芒果酒水可以開缸的時候，也是南溪和俞淙成親的時候。

南溪最近心情非常好，今日特地抽空和春芽學針線。

這裡的習俗，女子出嫁前都要自己繡嫁衣，只是讓她繡一整套太不現實，所以她打算買件嫁衣回來，自己繡條腰帶配上就行了。

臨時抱佛腳，成果當然不理想。

南溪手都快被扎成篩子了，才勉強繡出一朵祥雲來。

「唉……繡這個好難啊。有這工夫，還不如去琢磨酒麴。」

春芽被她逗笑了。

「這可是嫁衣，女子一生只有一次，麻煩點又如何？妳啊，只繡一個腰帶已經是很省工了，再少要被人說嘴的。」

南溪悻悻地又拿起針認真戳起來。為了這一生一次，花費點心力，確實應當。

兩人在屋子裡靜悄悄地繡了一會兒，南溪不知不覺又走了神，這回是看著春芽發呆了。

春芽嫁人後，梳起婦人髮髻，頭上插著一支小祥雲銀簪，耳朵沒有特別的墜子，就是一個小小的銀丁香，簡單樸素顯得格外清麗。短短幾個月，春芽圓潤了不少，臉也變得更紅潤了，瞧著就知道生活十分美滿。

「妳這人，不繡腰帶瞧著我做什麼？」春芽被盯得渾身不自在。

「瞧妳變漂亮了嘛！氣血比以前不知好多少。人家村裡的嬸娘們都說妳嫁得好呢！」

春芽羞澀笑了笑。

「我嫁得再好，能有妳好？俞大哥和盧嬸子待妳那麼親，還沒嫁過去就讓妳管家，兩家又離得那麼近，多好。而且妳現在生意做得那麼大，家裡又不缺錢財，我可羨慕呢！」

不光是她，村裡誰不羨慕呢！

南溪想到俞涼待自己的那些心意，忍不住也露出笑來，手上扎得再疼也不覺得痛了。

她這邊安安分分地做著繡活，一轉眼就到了橙子酒開缸的日子。

南家酒坊的橙子酒自然是一如既往的好，剛出沒幾日就讓周圍的老闆們給訂光了。酒水比水果更容易保存，也有買了上百斤的商人，想要轉手賣到更遠的城池去。

總之南家的果酒售罄了。

這時，南黎府又突然多了幾家賣橙子酒的，打著瓊花島的幌子，將瓊花島的水果與果酒混為一談。他們賣得便宜，倒是吸引了一些買不著酒的客人。

幾錢銀子買回去一喝，要麼酸不拉幾，要麼一股濃濃的酒味，根本沒有謠傳的那種橙子清香。

幾乎每家賣橙子酒的酒鋪都遭到退貨。有那厚臉皮的店家死撐著銀貨兩訖，概不退換。買酒的客人便只能自認倒楣。不過名聲一傳出去，這家酒鋪的生意也一落千丈。

整個南黎府想要分一杯羹的老闆們居然沒一個討得了好。

橙子酒搶占市場大敗，這叫那些高價購買芒果的老闆們憂心不已。

橙子可比芒果便宜多了，他們買下高價芒果加上泡果子的酒，若是賠錢了可怎麼辦？

有幾個老闆心裡熬不住，到村子裡想高價求南溪指點，看看能不能挽回點損失。

可惜，南家眼見著就要辦喜事，誰也沒空搭理他們。

八月初，盧氏尋人看了吉日，宜婚娶。

一大早南溪便被抓起來穿衣打扮，她從來沒有挽過臉，被幾個嬸娘弄得直哀叫。

雖然有點疼，但挽完臉一摸，小臉水嫩光滑，手感很好。

春芽心知南溪沒什麼長輩教導，便將自己成親前，阿娘拿來的小人書給了南溪。

「一會兒，妳趁沒人的時候看，晚上用得著。」

晚上……

南溪臉一紅，她以前是不知道，可有幾回和俞淙險些擦槍走火，他不止一次說過等新婚之夜再收拾她。

一想到成親，兩人便要那般親密，她心裡又羞又緊張，攥得書皮都要皺了。

春芽打趣了她幾句，送上自己的添妝便出去一起幫忙了，留下新娘小臉紅一陣白一陣的。

這書上畫的，真是可怕……

屋裡靜悄悄的，屋外卻是熱鬧喧天。

因為兩家離得很近，所以中午的娘家宴席和晚上的夫家宴席都由同一批廚子來做。

這批廚子可不得了，都是同南家酒坊交好的酒樓老闆們借來的大廚。每人一道拿手菜，桌子就占了大半。

南家外頭那片空地上，現在已經擺滿空桌，就等著大廚們大顯身手了。

南澤如今像個小大人似的，正在檢查院子裡的佈置。他穿得喜慶，很容易就能在人群裡看到他。

今日姊姊出嫁，即便知道她嫁到隔壁，南澤心裡還是很不捨。他聽見村裡的那些人說話，以後姊姊和姊夫是一家，他一個人是一家，日後有了媳婦便會和姊姊越來越疏遠。

想起那些人的話就讓人不舒服，南澤皺皺眉頭，將歪掉的紅綢又扯正，然後準備去看看姊姊。

一轉身，突然撞到一個比他高的姑娘。

作為主家，當然要客氣些向人賠禮了。南澤道完歉便想繞過她去找姊姊，卻不想衣袖被那姑娘扯住了。

「這位姊姊，能不能鬆手？」

那姑娘尷尬地笑了笑，掐著聲音道：「哎呀，我和你同年同月的呢！你叫我月紅妹妹吧。」

月紅？

這個名字南澤有點耳熟，不過管他什麼紅，現在扯著他的衣袖就是不好看。

南澤唸書，也知道男女授受不親，當下一使勁，將自己的衣袖扯出來。

「我不認識什麼月紅。要隨禮的話，妳去找春芽姊姊。若是幫忙，就去找秦嫂子。」說完，南澤頭也不回地走進人堆裡。

月紅一人在後頭牙都快咬碎了。

想搭個話怎就那麼難呢？明明年紀那麼小，卻板起臉跟老頭一樣。

南家這婚宴辦得可真是氣派，以後南澤的媳婦肯定也會有這樣的氣派吧？

月紅想到自家阿娘說的那些話，又堅定起來。不過她在人群裡找了又找，也沒找到南澤。最後只能悻悻跟著人出去占位子坐下了。

村裡來賀喜吃酒的人多，要是晚一點沒位子了就得等下一輪。誰知道第二輪裡，有沒有第一輪別人剩下的菜，要吃當然要吃第一輪。

空地上的桌子很快就被人占滿了。

南家院子裡還有幾桌，這幾桌坐的都是親戚或者親近的鄰居，還有關係比較好的掌櫃老闆們。

余陶他們坐在一桌，眼巴巴地看著正在拆酒封的十五。

據說這是南溪那丫頭又新製的酒水，名叫「琥珀」，比先前的乾酒味道更好，吊得眾位老闆心癢癢的，就等著婚宴上品嚐。

十五慢條斯理地扯開封紙，又敲泥蓋，慢吞吞地拂去泥灰後才一點一點揭開。

「好香啊……」

一桌人都忍不住在心裡讚嘆了一聲。

十五記下每個人的反應，然後拿過一個白瓷碗，倒出了新製的琥珀酒。

「漂亮！」

不知是誰誇了一聲，其他人也跟著點頭。

這酒不愧名為琥珀，酒色如同瞧見金黃透亮的琥珀一樣。酒香悠長且濃郁，一聞便讓人迫切地想要嚐一嚐。

南家這丫頭可真是能幹，幾乎是一年出一款新酒，加上她的果酒，大家都要買不過來了！

一杯杯琥珀酒下肚，眾人的熱情又高漲了幾分。這場婚宴本就辦得比尋常婚宴出眾，加上好酒好菜招待，更是令人無比滿意。

雖然家裡唯一的長輩盧氏眼睛有些不行，不能好好操辦婚禮，但南家那邊還有舅舅、舅母。

如今的姊弟倆可不是什麼拖油瓶了，因為南家的酒，羅江一個月就能賺上近十兩銀子，江雲哪怕是為了兒子，也得盡心盡力地將這婚宴辦好。

盧氏聽著大家的恭賀聲和誇讚聲，笑得都合不攏嘴。

真是祖宗保佑，天賜的福氣呀！這麼好的兒媳婦居然被自家兒子娶到了。想想前兩年，她還在天天擔心著兒子，苦哈哈熬著日子，現在真的是掉進了福窩裡。

馬上就要拜堂了，盧氏趕緊整理了下自己的髮髻還有衣裳，必須拿出自己最有精神的一面來。

「一拜天地！」

「二拜高堂！」

「夫妻對拜！」

司儀的聲音一聲比一聲高昂，一聲比一聲更興奮。這回可說是他人生中主持過最熱鬧、最大型的婚禮，喜錢也是前所未有的豐厚，想到便歡喜不已。

「禮成！送入洞房！」

賓客們一陣陣熱烈的歡呼聲，將這場婚禮氣氛烘托得極為熱鬧。

南溪蒙著蓋頭，一路被送進精心裝修過的新房裡，跟著一起進去的還有好些村裡的大姑娘、小媳婦。

俞涼都沒跟自己媳婦說上話，就被眾人推出門。他站在門口沒有動，眼巴巴看著屋子裡穿著大紅嫁衣的新娘。

「瞧瞧這新郎官，還捨不得走呢！」

「放心去招待賓客吧，咱們還能吃了你的新娘子不成？」

一屋子的人打趣，俞涼耳朵都紅了，他有些招架不住，只好和春芽交代了兩句便落荒而逃。

春芽一笑，轉頭就端著點心跑到南溪身旁和她說話。

「妳家這木頭也不是那麼呆嘛，還知道讓我送東西給妳吃。」

南溪笑著伸手摸了一塊糕慢慢吃，心裡比吃了蜜還甜。今日一大早就起床梳妝，因為新嫁娘裝扮繁瑣不易，所以為了不去茅房，儘量都是少吃少喝，她現在真是餓到不行。

吃完幾塊糕點，肚子總算舒坦了。此時屋子裡看熱鬧的大姑娘、小媳婦也走了大半，只剩下幾個平時和南溪關係比較好的人，正看著屋子裡的擺設嘖嘖稱奇。

別的不說，光那梳妝檯上的大銅鏡就夠讓人羨慕了。這樣大的銅鏡，哪怕是如今村裡條件好的人家，也沒人捨得買上一件回來。

這東西大概沒有哪個女子不喜歡，著實讓人眼熱。

幾人熱烈討論了一會兒又走了三人，剩下春芽一人神秘兮兮地關上房門。

「小溪啊，咳……那個，妳舅母有沒有給妳講過什麼？」

南溪有些疑惑，舅母最近是有過來幫忙張羅婚事，可她和自己感情並不熱絡，說不上什麼話，能講什麼東西？

「哎呀，就是洞房裡的那點事嘛！妳舅母同妳說過沒？」

「沒、沒……」

「那妳定然是不知道了。」

兩人從小一起長大，春芽很了解南溪。她那舅母若是沒有說，俞大哥他娘作為婆婆也不好教，村中其他的嬸娘們感情也不到位，所以還是得自己這個好姊妹來幫一幫。

雖然上午已經給了好友小冊子，可那冊子看得也不夠詳盡。反正自己看了那冊子，之後洞房照樣吃了不少苦頭。這種事還是要過來人好好傳授下經驗。

至於為什麼要對南溪這麼好，一大半的原因是兩人從小一起長大，本就十分親近，還有一小半的原因是南溪辦了酒坊後，自家丈夫也跟著買了好些酒走街串巷地賣，且生意十分不錯，一個月勤快點能掙上二兩銀呢！一個月就能掙到二兩銀子，這是放在以前想都不敢想的事情。

這樣的好友當然值得她掏心掏肺。

「我已經看過妳給的那個小冊子了……」

「光看可不行，我跟妳說……」

春芽壓低聲音坐到婚床前的腳踏上，大方傳授自己的經驗。

新娘子的臉更紅了。

村裡整整熱鬧了一日，天全黑下來時，新房子裡的人才慢慢都離開了。

因為這麼晚也不便划船回去，南家舅舅、舅母和表兄們留了下來，和南澤住到南家的屋子裡。

盧氏招待賓客忙活一天也很累，匆匆洗把臉就回到屋子裡，連燈都沒有點一盞，彷佛已經真的睡下。

俞涼心知他娘是想讓自己和南溪能自在些也不戳破，他去灶房裡燒了熱水，為屋裡的小媳婦下了一碗麵。

此時的洞房裡燃著兩根粗壯的紅蠟燭，燈影下床帳間坐著今晚的新娘。

明明才半日不見，卻感覺已經許久沒有看到她。

俞涼看著那個蒙著蓋頭乖乖坐在床上的小媳婦，滿嘴的話此刻居然都說不出來，只緊張地嚥了嚥口水，然後小心地上前將她的蓋頭揭開。

想像中漂亮又羞澀的媳婦沒見著，只看到一個臉白得跟鬼似的姑娘。那煞白的臉上還有兩團紅雞蛋一樣的印子，配上那紅豔豔的嘴，嚇了他一跳。

「你這是什麼眼神？」

新娘子挑挑眉，一把攥住丈夫的衣襟將他拉到眼前，仔仔細細看他的眼睛。

「看見新娘子不是應該很驚豔嗎？我怎麼感覺你受到了驚嚇？」

俞涼聽見聲音才緩過神來，沒忍住地笑了笑，討好地小聲道：「我的新娘子的確是非常讓人驚豔，不過妳上完妝是不是沒有照過鏡子？」
南溪一愣，確實是沒有照過。
天還沒亮，她就被嬸嬸們從被窩裡叫出來，挽臉的時候疼得清醒了一會兒，但是很快又睏了。
反正她是在迷迷糊糊的狀態下上妝，等她清醒過來時，人已經蒙上蓋頭。嬸嬸們千叮嚀萬囑咐千萬不能自己扯下蓋頭，所以她今日一整天都沒撩過蓋頭。
現在聽到俞淙這樣說，南溪心頭頓時有種不太好的預感，拔腿就往梳妝檯前跑。
儘管屋子裡的燭火不是很亮堂，可銅鏡還是能隱隱約約看個大概。
比如那慘白的一張臉，還有那兩團紅豔豔的胭脂印。
天啊！
成親日，她居然是這個樣子，簡直沒眼看！
南溪捂著臉趕緊去找水，結果屋子裡沒有。還是俞淙非常有眼色地去外頭打了一盆熱水回來。
洗完臉，她才感覺整個人都活過來了。
「太醜了，嬸娘們弄完還都說好看，特別好看，我還以為……」
還以為能給新郎一個驚喜，結果她自己都看不下去了。

俞淙笑著拿帕子給她擦了下臉，認真道：「哪裡醜了，妳在我眼裡是最好看的。」

「騙人，明明剛剛都嚇呆了。」

說是這樣說，南溪的嘴角卻忍不住勾了勾。

「不是嚇呆了，只是剛剛揭開蓋頭時，樣子差太多，我一時沒反應過來。」

俞淙知道不能在這個問題上糾纏下去，趕緊將人拉到桌前坐下。

「差點忘了我煮給妳的麵，用妳愛喝的雞湯做的，先吃點吧，一會兒麵坨了就不好吃了。」

聞著雞湯的香氣，南溪頓時沒再糾結剛剛的問題，天大地大不如吃飯大。她這一天僅吃了幾塊糕，肚子早就餓了。

一碗湯麵下肚，人也精神了不少。

收拾碗筷，關上門後，兩人都想起了這是洞房之夜，頓時都緊張起來。

南溪坐在梳妝檯前拆著頭髮，總感覺身後的目光火辣辣地讓人心慌，動作也不自覺越來越慢。

「我來幫妳梳吧。」

俞淙不知什麼時候站到她的身後，拿過木梳幫她梳頭。

自從家裡開始釀酒後，吃食越來越好，南溪也被養得越發水靈。長長的黑髮宛如綢緞一樣，滑過手心令人心癢難耐。

俞涼雖然站在她的身後，可她總能在鏡子裡看到他那深邃的眼睛，一顆心怦怦跳個不停。

「好了，都梳順了。」

俞涼伸手想將自己的小娘子拉起來，一向膽大的南溪卻突然膽怯了，結結巴巴道：「還……還有地方沒梳好，我、我還要梳一會兒。」

她沒敢去看鏡子裡的人，低頭正要去拿木梳，卻見俞涼轉了過來，直接伸手攬著她的肩膀和腿將她抱了起來。

「娘子，夜深了，等明日我再幫妳梳頭。」

俞涼盼了那麼久才將人娶進家門，怎麼可能白白辜負春光，抱著人便滾進新床上。

床幔隨著一件件衣裳丟出而滑落，結實的木床也發出輕微的晃動聲。

新婚小倆口情到濃時一直胡鬧到近天明才睡去。

南溪迷迷糊糊間彷彿聽見了從前的家人在她耳邊歡喜祝福的聲音。

真好，真好啊……

她一定會珍惜現在的安穩日子，將家傳的美酒做出來傳承下去。

她還要……還要……

暈乎乎的小娘子沒想出個所以然來，就被她身後的男人一把摟進懷裡，小倆口甜甜蜜蜜地進入夢鄉。

——全書完

2023年5月出版

香氣巧廚娘

文創風 1165～1166

動點小腦筋，就能讓大家的生活變得完全不同！
被自家親戚隨隨便便嫁掉已是無可挽回的事實，
不過她可不准許自己跟夫家的人背負不幸的命運活下去……

恬淡溫馨敘述專家 ／九葉草

穿越到投河尋短的姑娘身上，差點又死一次，她認了；
被安排與快掛掉的救命恩人倉促成親，她無話可說；
可是要她安安靜靜看那些貪得無厭的人欺負到他們頭上，
雲宓說什麼都不會答應，也嚥不下這口氣……
既然天底下凡事兜來轉去都脫離不了一個「錢」字，
就看她用手中擁有的靈泉水與一手好廚藝，
在僵化如水泥般的市場中投下一顆超級震撼彈！
瞧，一旦手頭寬裕起來，連跟相公培養感情的時間都有了，
正當兩人之間越來越親密時，接踵而至的變故告訴雲宓，
這個男人的身分並不簡單，她怕是招惹了個大麻煩……

2023年5月出版

富貴閒中求

文創風 1163～1164

重生後的明秋意，只想甩開那些後宮爭鬥，
她躲到鄉下的莊子，圖個耳根清淨，
可那些貴女不放過她，連同父異母的妹妹都要踩她一腳，
唉！怎麼往上爬難，當個平凡人更難！

夫妻機智在線，強強聯手除惡 ／清圓

上輩子明秋意汲汲營營，機關算盡，坐穩皇后之位，
可到頭來皇帝不愛，女兒不親，最終含恨而死。
重生後，明秋意覺醒了，宮中愛恨如浮雲，
人生苦短，她何不及時享樂，躺平當鹹魚？
首先，她得先砸壞自己的名聲，才不會被選入皇宮！
上輩子她是人人誇的才女，這輩子她就當個人人嫌的剩女，
扮蠢、扮醜、裝病樣樣來，太子會看上她才怪呢！
太子不愛甜食，她偏要送去一份栗子糕惹他厭棄，
誰知她打好各種如意算盤，反倒被最不著調的三皇子穆凌寒惦記上，
這位三皇子說來也怪，每天吊兒郎當，卻能寫出一手好字，
眾人都說他是廢柴，可他的行事作風又似有一番條理，
更讓她摸不透的是，明明罵她醜還嫌她眼睛小，卻偏偏說要娶她，
莫不是三皇子跟她一樣，有什麼深藏不露的秘密？

家有醫妻，春好月圓／六月梧桐

2023年5月出版

娘子有醫手

就算沒了頂梁柱，誰也別想欺負她家的人。
她的一手好醫術，定能替他們撐起一片天來！

文創風 1159 1

莊蕾傻了，她堂堂學貫中西的名醫居然穿書變成被爹娘賤賣的童養媳，
疼愛她的公爹與準未婚夫橫死，而婆婆養大的假小叔原是安南侯之子，
換回來的真小叔陳熹卻是藥罐，加上和離的小姑，說起來都是淚啊……
幸虧她的醫手好本領跟著穿來，還開廚藝外掛，治好陳熹和縣令夫人。
可娘家人再度將她賣入遂縣首富黃府當妾，對方竟是下不了蛋的弱雞，
當家老夫人亦頑疾纏身，若醫好他倆，豈不保住清白又得首富當靠山？

文創風 1160 2

成為遂縣首富和縣令夫人的救命恩人後，莊蕾的小腰桿終於可以挺直，
坐穩藥堂郎中的位置不說，還幫婆婆和小姑開了間主打藥膳的小鋪子，
獨門的瓦罐煨湯可是美味兼養生，路過看過絕不能沒嚐過呀～～
又有小叔陳熹在開店前畫圖監工，開店後跑堂打下手，堪稱得力隊友！
孰料新的難關又至，名將淮南王因兒子罹患腸癰命在旦夕，上門求醫，
剛製出的抗生素青橘飲派上用場，西醫前進古代的創舉就交給她吧——

文創風 1161 3

研發成藥的藥廠開業在即，莊蕾卻遇襲險些沒命，這才恍然大悟——
僅倚仗遂縣人脈無法護得全家平安，便和陳熹赴淮州向淮南王求庇護。
陳熹亦得淮南王青眼，連世子伴讀的位置都替他留好，又有王妃力挺，
讓她替豪門女眷治療婦科隱疾，未來建綜合醫院的第一桶金便有著落！
醫世大計漸上軌道，莊蕾為淮南王訓練軍醫，須生產更多藥品救人，
這對缺乏科學儀器的古代來說可是大難題，她該怎麼突破這道關卡呢？

文創風 1162 4 完

莊蕾前往杭城醫治受子宮病症所苦的布政使夫人，居然惹來一身腥，
幸虧淮南王的暗衛救下她免於受辱，可隨之而來的軍報令她錯愕——
淮南王遭敵軍射傷命危，她都還來不及喘口氣，便提著藥箱趕赴急救，
總算從閻王手裡搶回人命，而她也因禍得福，被淮南王夫妻收為義女。
陳熹高中案首，陳家歡喜喬遷，他還為她設計了秋千，讓她暖到心裡。
她本已為家人絕了再嫁的心思，若對象是陳熹，會不會是個好選擇呢？

2023年4月出版

起家靠長姊

文創風 1156～1158

一場變故讓她痛失父母，家裡只餘兩個弟弟及一對雙胞胎妹妹，
她身為長姊面對不明事理的祖父母、心狠奸險的叔叔嬸嬸，
即便還是個孩子，也得挺起身子拉拔弟妹，絕不教人看輕！

種地榨油開店搏翻身，
長姊攜弟養妹賺夫君／魯欣

從一個爹不親、娘不愛的家庭胎穿到何家，何貞本以為家裡雖苦了點，
但父親可靠、母親慈愛，兩個弟弟又聰明聽話，一家人好好過日子也不錯；
可一場變故讓他們父母雙亡，何家大房只留下三姊弟及早產的雙胞胎，
他們頓時成了二房不喜、三房不要的累贅，連祖父母也不上心……
看盡親人冷暖的她，在父母墳前立狠誓，定要把弟妹撫養成人！
幸好在叔叔、嬸嬸們的「幫襯」下，他們大房順勢分家自立，
只是自己也還是個孩子，大孩子養小孩子，要怎麼撐起一個家？

2023年3月出版

文創風 1148～1150

天才醫女有點黑

見她娘舉起石頭對著蹦蹦跳的雞下不了手，
她看得實在心焦，險些崩人設過去幫忙，
哥，你快回來呀！要裝一個斯文小姑娘太難了……

直率不掩藏，濃情自然長／荔枝拿鐵

穿越開局就是舉家被流放到遼東？這也太慘了吧……
所幸周瑜和哥哥一同穿來，手握兄妹倆能共用的空間外掛，
又有了上輩子求生的經驗，雖説得遮遮掩掩著魂穿的變化，
但兄妹攜手合作護著一家婦孺抵達遼東，也算是有驚無險。
然而並不是到達目的地就結束流放，而是得成為軍戶在邊疆開墾，
哥哥身為家裡唯一符合資格的男丁，自然就得入軍伍生活了。
所幸同是天涯淪落人，除了本就認識的親戚，村內的人皆好相與，
無須過於防備身邊人，他們一家如今就是得在哥哥報到前多存點錢。
於是她藉著醫藥知識與手弩，和哥哥在山上找尋好藥順道打獵，
卻意外救了被毒蛇咬傷的少年「常三郎」，自稱到遼東依親途中遭了難。
他看似個紈袴，還老是嘴賤喚她「黑丫頭」，可實際相與人倒是不壞，
就是懶散了點，總想靠親戚的銀兩接濟，這不行，不幹活就不給飯吃！
他瞪著柴垛抱怨：「妳居然讓病人揹柴？那麼多！妳想累死小爺啊？」
她嫣然一笑：「放心，我就是醫生，揹完這堆柴，只會讓你更健康！」

風 文創
1168

金玉釀緣 下

國家圖書館出版品預行編目資料

金玉釀緣 / 元喵著. --
初版. -- 臺北市 : 狗屋出版社有限公司, 2023.06
冊 ; 公分. --（文創風 ; 1167-1168）
ISBN 978-986-509-429-4（下冊 : 平裝）. --

857.7 112006626

著作者	元喵
編輯	黃鈺菁
校對	黃薇霓
發行所	狗屋出版社有限公司
地址	台北市104中山區龍江路71巷15號1樓
電話	02-2776-5889～0
發行字號	局版台業字845號
法律顧問	蕭雄淋律師
總經銷	知遠文化事業有限公司
電話	02-2664-8800
初版	2023年6月
國際書碼	ISBN-13 978-986-509-429-4

本著作物由北京晉江原創網絡科技有限公司授權出版

定價280元
狗屋劃撥帳號：19001626
網址：love.doghouse.com.tw E-mail：love@doghouse.com.tw